Für unsere Väter

Für den Mopsfreund Gerhard
herzlichst
[illegible]
21. 10. 2015

Tigerherz

Schloß Urgestein

Manuela von Perfall

Agatha
und die Geisterhunde

Fotografien
Anja Hölper

Tigerherz Verlag

Veröffentlicht im Tigerherz Verlag, Juni 2008

Text: Manuela von Perfall, Greifenberg am Ammersee
Fotografie: Anja Hölper, München
Gestaltung und Satz: Stefanie Hartmann, München
Druck und Bindung: Holzer Druck und Medien, Weiler im Allgäu
www.druckerei-holzer.de

Printed in Germany
ISBN 978-3-9811162-2-9
www.tigerherz.com

Inhalt

Kapitel 1

Agatha tanzt aus der Reihe

An einem sonnigen Frühlingsmorgen um halb sieben liegt die schwarze Mopshündin Lotte erschöpft in ihrem Körbchen. Vier pechschwarze Welpen hat sie in der Nacht auf die Welt gebracht, und obwohl die Augen der Kleinen noch fest geschlossen sind, kann Mutter Lotte ihre winzigen Ebenbilder voneinander unterscheiden: Attila ist der mit dem dicken Kopf, Abdullah kam als zweiter und hat sofort nach Mamas Zitzen gesucht, Antonia ist die mit dem weißen Füßchen, und aus Adonis wird sicher mal ein Filmstar, so gut sieht er aus mit seinen fein geformten Samtohren.

Lotte ist stolz und glücklich, auch wenn es im Bauch noch zwickt und zwackt. Und weiter zwickt und zwackt. Und weiter… Lotte sieht sich verwundert um. Wer ist das denn? Ein aprikosenfarbenes Möpschen plumpst aufs Kissen. Ziemlich unverschämt, sich so zu verspäten, denkt Lotte leicht entrüstet, und diese seltsame Farbe… Als sie den kleinen Nachzügler trocken leckt, hat sie plötzlich eine unheimliche Vorahnung: dieses Kind sucht das Abenteuer, es wird seine eigenen Wege gehen, für dieses Kind wird sie viel Kraft und gute Nerven brauchen. Agatha soll sie heißen, beschließt Lotte.

Schon bald dürfen die kleinen Möpse nach draußen. Denn gleich vor ihrem prächtigen, von Rosen umrankten Hundehaus mit Blick aufs Schloss liegt eine große grüne Wiese, auf der sie nach Herzenslust herumhopsen und toben dürfen, bis die Sonne am höchsten steht.

„Was spielen wir jetzt? Fangen?“ Die quirlige Agatha kann wie immer gar nicht genug bekommen.

„Wir sind k. o.“, japsen Attila und Adonis wie aus einem Maul und ziehen sich in den Schatten zurück.

„Du gewinnst ja sowieso“, schmollt ihre ehrgeizige Schwester Antonia und setzt sich lustlos ins Gras.

„Abdullah, spielst du wenigstens mit?“ Agatha stupst ihren dicken Bruder aufmunternd an.

„Mir knurrt der Magen, ich verhungere gleich“, antwortet Abdullah schlecht gelaunt.

In dem Moment schlägt die Turmuhr zwölfmal.

„Endlich! Bin gespannt, was Ludmilla heute gekocht hat.“ Abdullahs Laune bessert sich schlagartig und alle laufen einstimmig zum Mittagfressen.

Während Attila, Abdullah, Antonia und Adonis sich mit klein gehacktem Hühnchenfleisch den Bauch voll schlagen, kümmert sich Lotte mit ihrem Frauchen, der Schlossherrin Gräfin Ludmilla von Urgestein, um wichtige Formalitäten. Die Namen der Welpen müssen ins Stammbuch eingetragen werden, in dem seit Urzeiten alle Schlosshunde festgehalten sind. Auch Geburtstag und Stunde, Gewicht und besondere Kennzeichen werden notiert.

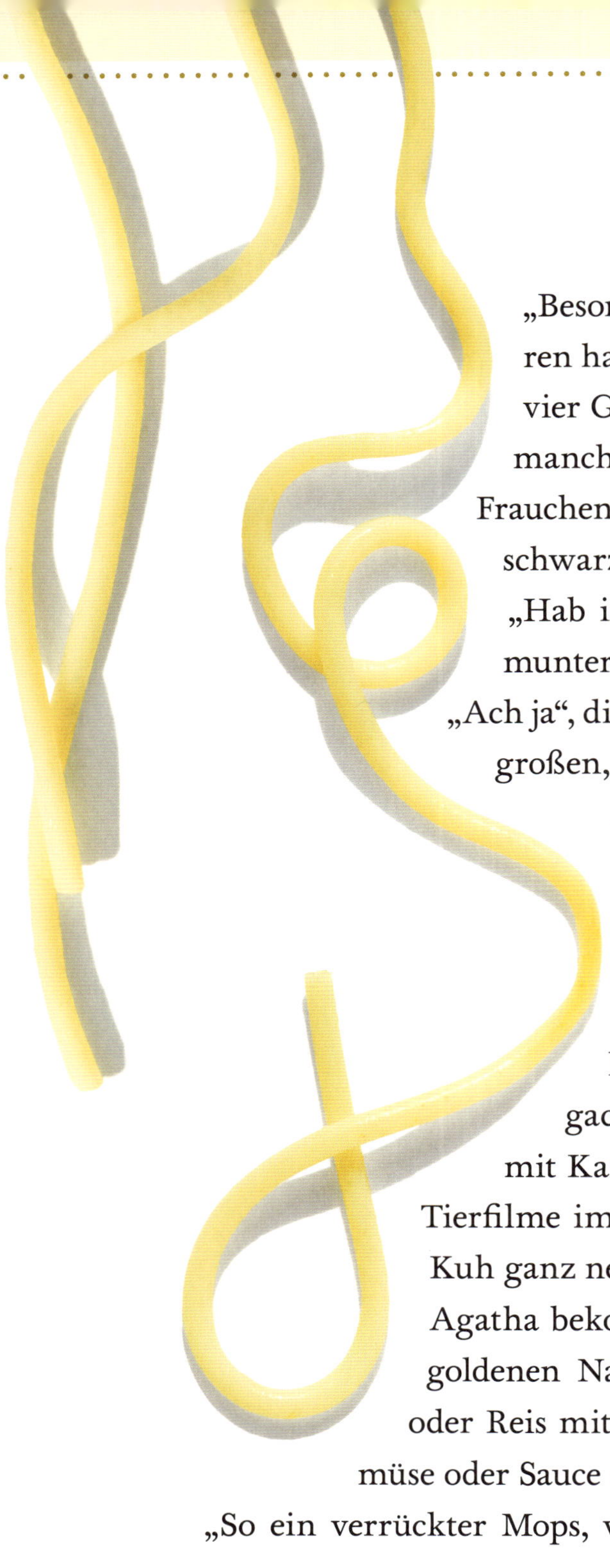

„Besondere Kennzeichen Agatha: Farbe Aprikose, geboren halb sieben Uhr morgens, zwei Stunden später als ihre vier Geschwister… sehr verträumt, dabei eigensinnig und manchmal ziemlich frech, stimmt das so?“, fragt Lottes Frauchen, und Lotte seufzt leise und nickt mit ihrem runden, schwarzen Kopf.

„Hab ich noch was vergessen?“ Ludmilla sieht Lotte aufmunternd an, als diese sich nicht von der Stelle rührt.

„Ach ja“, die Gräfin zückt ihren goldenen Füller und schreibt in großen, schwungvollen Buchstaben dazu:

„VEGETARIERIN!“

Agatha mag kein Fleisch. Sie bekommt Bauchschmerzen, wenn sie es nur sieht, sei es gebraten, gehackt oder roh. Agatha mag nur Fleisch, das lebendig ist und sich bewegt. Sie vergnügt sich mit gackernden Hühnern und wilden Katzen, sie spielt mit Kaninchen Räuber und Gendarm, sie schaut begeistert Tierfilme im Fernsehen an und findet sogar die tonnenschwere Kuh ganz nett, die ihr neulich fast auf das Pfötchen getreten ist. Agatha bekommt deshalb ihr eigenes Fressen in ihrem eigenen goldenen Napf. Spaghetti mit Sauce, oder Gemüse mit Sauce, oder Reis mit Sauce, oder Sauce ohne Spaghetti, Sauce ohne Gemüse oder Sauce ohne Reis, auch Suppe genannt.

„So ein verrückter Mops, völlig aus der Art geschlagen“, haben neulich ihre fetten Tanten geschnauft, als Agatha einen frischen Fleischknochen nicht an-

rühren wollte. Fasst euch doch an eure eigenen Falten, dachte Agatha trotzig bei sich, ich fresse jedenfalls niemanden, der mal mein Freund war.

Nach dem Fressen sollst du ruhn, diese alte Regel gilt auch für Familie Mops. Zusammengekuschelt liegen die Welpen in ihrem Körbchen, und wer nicht genau hinschaut, könnte die verschlungenen Pfoten, Ohren und Schwänzchen mit einem vielköpfigen und tausendfüßigen Fabeltier verwechseln. Plötzlich ertönt eine laute Autohupe, und das seltsame Fabeltier verwandelt sich wieder in fünf verschiedene Hündchen mit jeweils vier Beinen und einem Kopf.

„O je, heute ist Verkehrsunterricht", stöhnt Agatha, als die Hupe sie aus ihren Träumen holt. Und während ihre Geschwister sich einer nach dem anderen anleinen lassen, schlüpft sie schnell durch die offen stehende Tür hinaus.

Weil Möpse leicht zunehmen und weil es gesund ist, geht Gräfin Ludmilla jeden Nachmittag nach dem Mittagsschlaf mit der ganzen Mopsfamilie spazieren. Dabei sollen die Welpen lernen, ordentlich an der Leine zu laufen und nicht zu ziehen. Wie soll man sonst mit ihnen verreisen oder ins Restaurant gehen, wenn sie einmal erwachsen sind?

„Man kann nicht früh genug lernen, sich gut zu benehmen. Seid schön brav, dann habt ihr es später im Leben leichter", ermahnt sie ihre Schützlinge, während einer nach dem anderen auf dem einsamen Schlossparkweg ‚gefährliche Straße überqueren' übt. Die arme Lotte muss dabei das Auto spielen, indem sie plötzlich im Schweinsgalopp um die Ecke biegt. Eins, zwei, drei, vier, zählt Gräfin Ludmilla in Gedanken mit … da fehlt doch eine … natürlich … Agatha.

„Vielleicht sollten wir sie bald ins Internat bringen", sagt Ludmilla nachdenklich zu dem nach Luft schnappenden Auto-Mops Lotte, „ich habe da einen entfernten Cousin, der hat ganz neue Erziehungsmethoden entwickelt."

Lotte legt mit flehendem Augenaufschlag ihren Kopf auf den gräflichen Fuß.

„Ist ja nur die letzte Notlösung“, beruhigt Gräfin Ludmilla die Mopsmutter und streichelt sie. „Wo ist Agatha denn bloß? Sie spielt wahrscheinlich wieder mit Hunden aus dem Dorf und denkt nicht an Morgen.“

Genau so ist es. Agatha hat schon viele Freunde und Freundinnen. Ihre allerbeste Freundin ist die Whippethündin Valentina. Was sie an Valentina besonders mag? Erstens würde Agatha gern so superschnell wie Valentina rennen können. Deshalb trainiert sie jeden Morgen auf der Wiese Schnellstart und Ausdauer. Wenn sie nur genug übt, kann sie in einigen Wochen an der Weltmeisterschaft im Windhundrennen teilnehmen, daran glauben Agatha und Valentina ganz fest.

Womit wir gleich beim zweiten Grund für die ungleiche Freundschaft sind: Agatha teilt Valentinas Lebensmotto ‚Nichts ist unmöglich‘, das sie von ihren englischen Eltern übernommen hat. Warum soll ein Mops nicht rennen, ein Pudel nicht schwimmen, ein Kampfhund nicht schmusen, ein Jagdterrier nicht Pazifist sein? Ja, warum eigentlich nicht? Agatha hat jedenfalls beschlossen, ihre Freunde nicht nur in feiner Mopsgesellschaft zu suchen, wie ihre konservative Mutter Lotte empfohlen hat.

Heute hat Agatha es wieder mal geschafft, sich vor dem verhassten Verkehrsunterricht zu drücken. Sie will niemals in der Stadt leben und hat auch keine Lust auf langweiliges Hin- und Herlaufen von Geschäft zu Geschäft, in menschlichen Kreisen ‚shopping‘ genannt. Warum also sollte sie lernen, wie man eine Straße überquert oder an der Ampel auf Grün wartet?

„Lass uns lieber jetzt gleich um die Wette rennen“, fordert sie Valentina auf und zieht sie ungeduldig am Halsband. „Du wirst sehen, ich bin schon ein bisschen schneller als gestern!“

Kapitel 2

NUR MUT, AGATHA!

Der zerstreute Havaneser Professor Dr. Fidel ist seit vielen Jahren Hauslehrer bei den Urgestein-Hunden und hat schon mehrere Generationen von Welpen unterrichtet. Dicke Labradors waren dabei und riesige Doggen, seidige Pekinesen und verspielte Dalmatiner, und besonders gern erinnert er sich an einen ehrgeizigen kleinen Schäferhund namens Rex, der später eine große Karriere als Fernsehkommissar gemacht hat.

Professor Fidels Lieblingsfach ist Geschichte. Er kann stundenlang über die Revolution auf der Insel Kuba – seinem Heimatland – berichten und wie seine Rasse als ‚Hütehunde für Zwerghühner' verspottet wurde. Er spricht auch gern über berühmte Möpse und Schoßhündchen am Hof von Königen und Kaiserinnen oder erzählt, wie der Lawinenhund ‚Barry' im 19. Jahrhundert mehr als vierzig in Bergnot geratenen Menschen das Leben rettete.

Sogar Agatha findet den Geschichtsunterricht bei Dr. Fidel hochinteressant. Mit gespitzten Ohren sitzt sie auf der letzten Bank, lauscht stundenlang seinen Worten und vergisst die Welt um sich. Manchmal legt sie sich nach dem Unterricht in das etwas schlampige Körbchen des zerzausten Professors, um noch mehr über Hundehelden und vierpfotige Abenteurer aus vergangenen Zeiten zu erfahren.

Zu Agathas Kummer hat Gräfin Ludmilla dummerweise auch Körperpflege, Hochdeutsch, Ernährungskunde und Etikette auf den Stundenplan geschrieben. Zum Gäääääähnen langweilig, findet Agatha. Und weil sie neulich mitten auf der

Schlosseinfahrt, angeblich aus Versehen, einen großen Haufen hinterlassen hat, müssen heute Nachmittag alle Geschwister nachsitzen. Wo Koten erlaubt ist, wo nicht und warum nicht, heißt die Doppelstunde im Fach Etikette. Dem Professor ist das Thema recht unangenehm, so wie er da über Gefahren, Auswirkungen und Notsituationen herumdruckst und stottert, während die Möpschen hinter seinem Rücken Unsinn machen und Grimassen schneiden.

Agatha tut der Professor richtig leid. Immer hoffnungsloser verstrickt er sich in das blöde Kackthema, redet um den bräunlichen Brei herum und scharrt dabei nervös mit den Pfoten auf dem Boden.

Ihre Geschwister haben inzwischen damit angefangen, Bleistifte zu zerkauen, sich gegenseitig an den Ohren zu ziehen und die Deutsch-Hefte mit Vokabeln wie ‚Komm her', ‚Mach Platz' oder ‚So ist's brav' durch die Gegend zu werfen. Und die Doppelstunde ist noch lang. Agatha hopst von der Schulbank und schleicht aus dem Klassenzimmer.

Als Agathas schnippische Schwester Antonia sich zu ihr umdreht um ihr heimlich zuzuflüstern: „diesen Scheiß haben wir nur dir zu verdanken", ist sie längst verschwunden. „Agatha ist weg", petzt Antonia sofort mit schriller Stimme und zeigt dabei aufgeregt mit ihrem Vorderbein auf die leere Hinterbank.

Professor Fidel senkt erleichtert seinen Zeigestock. „Wir beenden die Etikette-Stunde. Geht ruhig auf euer Hundezimmer und wiederholt bis morgen das Kapitel Bissige Auseinandersetzungen gestern, heute und morgen."

Obwohl Agatha weiß, dass Schuleschwänzen bei Urgesteins verboten ist, konnte sie Fidels peinlichen Vortrag keine Minute länger ertragen. Ihr ist auch klar, dass furchtbare Strafen drohen, wenn man beim ‚unerlaubten Verlassen einer Unterrichtsstunde' erwischt wird: Hausarrest, allein im Dunkeln schlafen, oder in der schattigen alten Hofhütte festsitzen. Bei ihren Streifzügen durchs Schloss ist ihr aber ein enges Katzenloch in einer Tür zum Speicher aufgefallen – der beste Unterschlupf für Notfälle wie diesen.

Seit der Schlosskater Karlo im Westflügel des Schlosses wohnt und seine Krallen nur noch zum Nasebohren braucht, hat Agatha keine Angst mehr vor dem einstmals

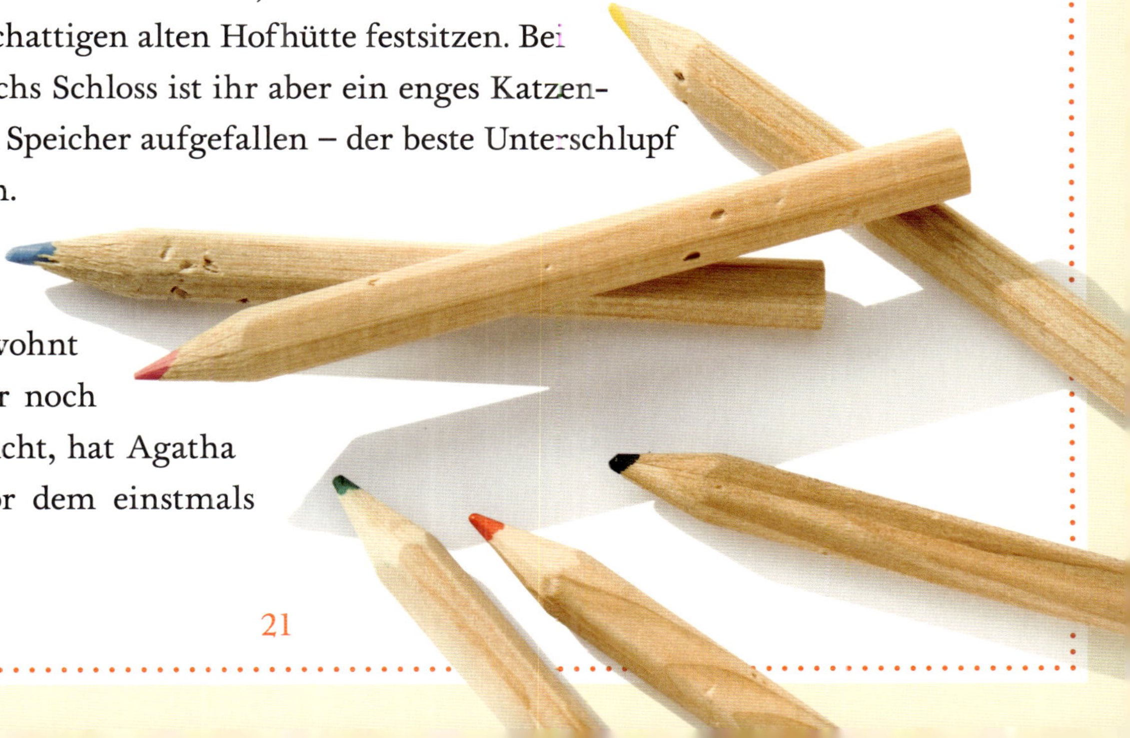

berüchtigten Mäusejäger, der jahrelang auf dem Speicher Dienst tat. Im Gegenteil. Manchmal kann man beobachten, wie Karlo der kleinen Möpsin lebenswichtige Katzentricks beizubringen versucht: auf Bäume klettern beispielsweise oder mit Menschen in der Schnurrsprache flirten.

Jedenfalls ist Agatha sicher, dass hinter dem Katzenloch keine angriffslustigen Dachbodentiger lauern. Und wer passt sonst schon da durch? Doch nur eine sportliche Rennläuferin, eine schlanke, fitte Vegetarierin wie sie… Also zwängt sie sich hinein und, schwupp, hat sie's geschafft.

Hinter dem Katzenloch führt eine enge, staubige Treppe auf den Dachboden. Agatha setzt vorsichtig Pfötchen für Pfötchen auf die knarrenden Stufen. Irgendjemand hat eine Puppe ohne Kopf achtlos hingeworfen, daneben liegt ein zerbrochenes Sektglas und eine verblichene Neujahrskarte aus dem Jahr 1890. An den Dachbalken hängen ein paar tief und fest schlafende Fledermäuse, eine zerrupfte Taube flattert erschreckt auf, als Agatha die oberste Treppenstufe erreicht. Sie beäugt Agatha misstrauisch und setzt ihr einen matschigen Klecks Taubendreck vor die Nase.

„Wohl auch die Nachhilfestunde in Etikette geschwänzt", macht sich Agatha Mut, denn ihr ist der Ausflug inzwischen ziemlich unheimlich. Was wohl in den hohen Schränken drin sein mag, die im Dämmerlicht an der Wand lehnen? Und in den schweren Truhen mit eisernen Schlössern ohne Schlüssel? Oben auf einem wackeligen Regal scheint ein großes, haariges Tier sie scharf zu beobachten.

„Hallo", fiept Agatha mit dünner Stimme, „ich bin's, Agatha von Urgestein." Das Tier rührt sich nicht von der Stelle, und Agatha umrundet es in großem Bogen. „Wahrscheinlich ausgestopft", beruhigt sie ihr klopfendes Herz.

Mitten auf dem schummerigen Dachboden fällt ein schmaler Sonnenstrahl auf eine alte Puppenstube. Agatha geht langsam darauf zu... Vielleicht wohnt hier Jemand? Auf den Stühlchen und Tischchen liegt fingerdicker Staub, eine fette Kreuzspinne hat sich in der Puppenküche breit gemacht und wartet in ihrem Netz neben dem Herd geduldig auf ihre Opfer.

„Viel Erfolg bei der Jagd!“ Agatha tut ganz lässig, obwohl ihr vor Schreck fast das Blut in den Adern gefriert.

Da erspäht sie am Ende des Dachbodens eine von Sonnenlicht durchflutete Kammer. Zwei gemütliche Lehnstühle stehen darin, ein herabgestürzter Kronleuchter liegt auf der gesprungenen Schreibtischplatte. Eine ausgeblichene Fahne lehnt am Fenster, Tausende von Büchern stapeln sich vom Boden bis zur Decke.

Agatha springt mit einem sportlichen Satz auf die Fensterbank und rollt sich auf einem vergilbten Fotoalbum zusammen. Plötzlich ist sie so müde. Unten im Schlosshof sieht sie winzigklein ihre Mutter Lotte, die nach irgendjemandem zu suchen scheint. Aber da ist Agatha schon fast eingeschlafen.

Agatha merkt an den süßen Düften, dass sie mitten in Süditalien gelandet ist. Orangenblüten und Früchte, reife Tomaten, würzige Kräuter und betörende Rosenaromen wehen um ihre sensible Nase. Der Himmel ist blau und wolkenlos, in der Ferne hört sie das Meer rauschen. Ist sie im Paradies?

Ein froschgrüner Papagei schwirrt durch den wunderbaren, in vielen Farben leuchtenden Garten. „Keine Angst, Agatha“, krächzt er. „Ich bin Kiko, der mutigste aller Vögel und Privat-Sekretär der unsterblichen Geisterhunde von Schloss Urgestein. Für uns ist nichts unmöglich, deshalb gefällst du uns. Sei willkommen! Vampirella Rossa möchte dich treffen, meine beste Freundin!“

Agatha reibt sich verwirrt die Augen und kratzt sich mit ihren Pfötchen am Kopf.

Doggen - Zuchtgruppe - Falkenhorst

Hat sie richtig gehört? Kiko setzt sich dicht vor sie hin und Agatha entrollt vor Schreck ihren Ringelschwanz.

„Hier, nimm das!“ Er reißt sich eine hübsche grüne Feder aus dem Schwanz und stopft sie hinter Agathas hellblaues Halsband. „Und pass gut drauf auf. Diese Feder ist jetzt deine Eintrittskarte in unsere Welt.“

Der Brunnenrand, auf dem Agatha balanciert, ist schmal und leicht könnte sie in den Brunnen fallen. Fast wäre sie ausgerutscht und abgestürzt, als ihr plötzlich eine prachtvoll gekleidete Nackthündin gegenüber steht.

„Wer bist du?“, fragt Agatha schüchtern. „So einen wunderschönen Hund habe ich noch nie gesehen.“

„Danke für das Kompliment, Agatha. Ich gefalle nur wenigen“, antwortet der fremde Hund. „Ich bin Vampirella Rossa. Ich wurde im Jahr 1735 an einen italienischen Wanderzirkus verkauft und als hässlichster Hund der Welt zur Schau gestellt. Es war furchtbar. Aber diese Zeiten sind vorbei und ich freue mich, so einem netten Möpschen aus meiner alten Heimat zu begegnen.“

„Hast du denn auch einmal auf Schloss Urgestein gewohnt?“, fragt Agatha neugierig.

„Ich war eine Waise und wurde im Straßengraben gefunden“, erzählt Vampirella. „Und dann habe ich mich unsterblich in den gräflichen Labrador Don Tulicki verliebt“, sie wischt ein Tränchen ab und erinnert sich weiter. „Zur Feier unserer Verlobung sind wir im Schlossweiher schwimmen gegangen, er wollte mir Kraulen beibringen. Plötzlich tauchte Tante Ludmilla I. auf, die Ur-Ur-Ur-Ur-Großmutter der jetzigen Gräfin. Sie schrie so laut, dass Don Tulicki unser Verlobungsring direkt aus der Schnauze ins tiefe Wasser fiel. Und ich wurde mit Schimpf und Schande aus dem Haus gejagt.“

„Warum denn?“, fragt Agatha verständnislos.

„Ach, Kind, eine mittellose chinesische Nackthündin und ein neufundländisch-englischer Labrador mit einer Ahnentafel so lang wie dreieinhalb Langhaardackel hintereinander,

eine solche Verbindung war zu meiner Zeit einfach unmöglich.“

„Komisch, meine Mutter findet auch, ich soll nur mit Möpsen spielen, das mach ich aber nicht“, sagt Agatha altklug. „Was ist denn aus Don Tulicki geworden?“

„Der Arme wurde in ein preußisches Ausbildungslager für Enten-Apporteure geschickt um zur Vernunft zu kommen. Irgendwann hat er mich sicher vergessen.“

„Das glaube ich nicht“, tröstet Agatha ihre neue Freundin, „sicher ist er noch oft im Weiher geschwommen und hat sehnsüchtig an dich gedacht.“

„Los, ab in die Badewanne!“, platzt ein herrischer Befehl mitten in die spannende Unterhaltung mit Vampirella und Agatha schlägt die Augen auf. „Agaaaatha!!!“

„Ich komm ja schon“, murmelt sie und klettert schlaftrunken die Speichertreppe hinunter.

Attila, Abdullah, Antonia und Adonis liegen bereits in der Wanne, als Agatha endlich erscheint.

„Wie siehst du denn aus?“, fragt Antonia mit heller Piepsstimme und zieht angewidert das frisch geputzte Näschen kraus.

„Wie eine eklige, staubige Spinne!“, gibt Attila seinen Senf dazu.

„Nein, wie ein dummer Clown aus dem Zirkus. Kann ich die grüne Feder haben? Sie sieht viel besser zu schwarzem Fell aus“, sagt der schöne, blitzblank glänzende Adonis.

Agatha dreht sich verwundert um. Tatsächlich! Da steckt immer noch die grüne Papageienfeder, das Ticket in die Welt der Geisterhunde. Schnell zieht sie die Feder aus ihrem Halsband und versteckt sie unter einer Ecke der Badematte.

„Nun komm endlich", zetert Antonia, „wir hatten heute schon genug Ärger wegen dir. Außerdem stinkst du wie ein Gemüsemarkt nach alten Tomaten und verschimmelten Orangen."

Nur der dicke Abdullah schaut gutmütig aus seinen runden Glubschaugen und brummt beruhigend: „Nun lasst sie doch in Ruhe! Immer diese Aufregung! Hast du vielleicht etwas zu Fressen mitgebracht? Ich nehme auch eine Tomate mit Orangensaft."

Nach dem Schaumbad wälzen sich die Möpse übermütig auf der flauschigen Badematte trocken, während Agatha unbeweglich auf einer Ecke steht und die Papageienfeder vor diebischen Langpfoten bewacht. Als sich die Geschwister fertig abgerubbelt haben und in Richtung Himmelbett marschieren, folgt auch Agatha mit triefnassem Fell.

Agatha ist überhaupt nicht müde. Vielleicht sollte sie aber ausnahmsweise mal gehorchen und mit den anderen ins Bett gehen um nicht wieder unangenehm aufzufallen. Sie schlüpft pitschnass unter die Decke und kuschelt sich an den warmen, dicken Abdullah. Rührend besorgt leckt er sie trocken. „Damit du keine Erkältung bekommst", schnauft er leise.

Als Mama Lotte zum Gute Nacht sagen kommt, liegen ihre Kinder sauber und ordentlich gekämmt auf ihrem Kissen. Ein Wunder ist geschehen, denkt Lotte, oder ist Agatha vielleicht krank? Sie legt vorsorglich die Pfote auf Agathas Nase. „Kalt, feucht, kein Fieber", stellt sie fest. Sie gibt jedem einen dicken Hundeschmatz und zieht mit dem Maul die Decke gerade. Dann löscht sie das Licht und geht, zufrieden mit dem Hintern wackelnd, aus dem Zimmer. Sie schließt leise die Tür.

Agatha liegt mit offenen Augen da und zählt bis zehn. Sie schält sich vorsichtig aus der Decke und klettert lautlos aus dem gemeinsamen Himmelbett. Mit spitzen Zähnchen holt sie Kikos Feder unter der Badematte hervor. Aber wohin damit? Auf die Nachttischkommode? Das ist zu einfach. Ins Kopfkissen? Viel zu unsicher. Hinter den Wassernapf? Ausgeschlossen. Unters Bett! Das ist die Lösung! Sie hebt mit ihrer Pfote die Bettdecke an und schaut unter das Bettgestell. Was ist das denn? Wer flattert denn da so aufgeregt herum?

Überrascht fällt Agatha die Feder aus der Schnauze. Weißgraue Kleidermotten wimmeln auf dem zerlöcherten Wollteppich herum und schielen bereits lüstern nach Kikos Feder. Die Frechsten kriechen aus ihrer Höhle heraus und probieren die hellgrün-rosarot gemusterte Bettdecke. „Das könnte euch so passen", flüstert sie dem hungrigen Ungeziefer zu, schnappt sich die froschgrüne Feder und denkt über ein neues Versteck nach.

Als sie immer noch unschlüssig da steht und sich den Kopf zerbricht, kommt ihr plötzlich eine geniale Idee. Über dem Bett hängt der ‚Heilige Geist' in Form einer holzgeschnitzten Taube. Sie steigt vorsichtig über ihre leise schnarchenden Geschwister und steckt der Taube die Feder in den Schnabel. Toll, darauf kommt keiner, denkt sie zufrieden.

Doch Agatha wäre nicht Agatha, wenn sie nach diesem ‚heiligen Geistesblitz' still und leise ins Bett zurück kriechen würde. Nein, das muss gefeiert werden! Mit einem Ruck zieht sie ihren Geschwistern die Decke weg und bellt dazu so tief und laut sie nur kann. Vier spitze Schreie, acht angstvoll verdrehte Augen, sechzehn hektisch herumfuchtelnde Beinchen – wenn das kein Mordsspaß ist!

Kapitel 3

Agatha, wo bist du?

„Treppen sind was für Feiglinge, alte Hunde und Babys! Geht doch viel schneller so“, verkündet Agatha morgens nach dem Frühstück, als sie Lotte vom Geländer direkt vor die Füße rutscht.

Mama Lotte ist stinksauer. „So ein Quatsch. Du kannst dir den Hals brechen oder auf einen spitzen Stein fallen und dir das Auge ausstechen. Oder zur Seite kippen und dir die Ohren verrenken, oder mit dem Ringelschwanz so dumm aufschlagen, dass der Ringelnerv zerstört wird.“

„Oder an einem rostigen Nagel hängen bleiben und verbluten“, führt Agatha die Katastrophenliste weiter. „Nun mal doch nicht immer gleich den Dobermann an die Wand!“

„Sei nicht so vorlaut! Ich will solche Vorurteile nicht hören“, gibt Lotte streng zurück. „Die Dobermänner aus unserem Nachbardorf sind nur böse, weil sie von ihrem Besitzer vernachlässigt und gequält werden.“

Agatha schleckt ihrer Mutter beschwichtigend über die Nase und pustet warme Luft in ihr Ohr. „Ja, ja, ich weiß schon. Aber die Barrabas-Drillinge sind trotzdem gemein. Kommst du mit, Mama? Ich muss dir was zeigen!“

Lotte wollte zwar eigentlich beim Bauern nebenan Milch trinken gehen und mit dem Bernhardiner Barry gemütlich vor dem Kuhstall schwätzen, aber gut. „Du wickelst mich mal wieder um die kleine Kralle“, stimmt sie milde lächelnd zu.

„Du findest doch auch, dass nichts unmöglich ist?“, fängt Agatha diplomatisch an,

als sie gemächlich nebeneinander herschlendernd auf die große Wiese einbiegen.

„Spinnst du? Was soll das denn bedeuten?“

„Na ja“, fährt Agatha fort, „in drei Wochen ist doch die Weltmeisterschaft im Windhundrennen, und ich würde gern mitmachen. Darf ich?“

Lotte guckt so dumm wie das Auto, das sie manchmal im Verkehrsunterricht spielen muss, während Agatha an den Start geht. Mit ihren kurzen, krummen Beinchen rast sie los, sie legt sich in die Kurve, entrollt ihren Schwanz zu einer stabilisierenden Seitenflosse und lässt die Ohren wie Hubschrauberblätter rotieren. Auf der Zielgeraden ist sie schon so schnell, dass ihre Gesichtsfalten sich glätten, als habe man die Haut mit einer Wäscheklammer hinter den Ohren festgesteckt, fast sieht sie aus wie ein echter Windhund. Mit dampfendem Atem und heraushängender Zunge stoppt sie haarscharf hinter der Ziellinie. „Darf ich?“, hechelt Agatha mitten in Lottes erstaunt offen stehende Schnauze.

„Ähm, Wahnsinn, super, cool, affeng…“ Lotte fehlen die vornehmen Worte.

„Darf ich also?“, drängt Agatha.

Lotte findet endlich zu ihrer mütterlichen Autorität zurück. Sie klappt die Schnauze zu und antwortet betont sachlich: „Mal sehen. Kommt ganz darauf an. Du weißt schon, worauf.“

Agathas sensationeller Sprint hat sich blitzartig herumgesprochen. Als erster wurde der Nachbar-Bernhardiner Barry von Lotte persönlich eingeweiht. Der hat es der Kuh weitererzählt, die Agatha einmal fast auf das Pfötchen getreten ist. Die im Kuhstall nistende Schwalbe hat es auch mitgekriegt und Antonia ins Ohr gezwitschert. Und die hat natürlich nichts Besseres zu tun, als Agatha durch den Kakao zu ziehen.

„Was? Du willst mit den Profis um die Wette rennen? Ich lach mich tot! Möpse rennen nicht. Sie gehen elegant oder schreiten majestätisch, oder höchstens laufen sie langsam. Du machst dich ja lächerlich – und unsere Familie dazu."

Auf dem Ohr reagiert Agatha empfindlich. „Mama hat's erlaubt!", schreit sie.

„Stimmt ja gar nicht", blafft Antonia zurück.

„Hat sie doch!"

„Lügnerin!"

„Dumme Schwarznuss!"

„Beige Missgeburt!"

„Barrabas-Teufel!!!"

Als Antonia den Namen der gefürchteten Hunde-Drillinge aus dem Nachbardorf an den Kopf geworfen bekommt, stürzt sie sich auf ihre Schwester Agatha und beißt ihr schnell und heftig ins rechte Bein. „Ich werd dir zeigen, wer hier ein Barrabas-Teufel ist!"

Agatha schüttelt sie ab und springt auf. „Die Klügere gibt nach", sagt sie hochmütig und humpelt davon. „Du kannst mich nicht stoppen."

Agatha muss nachdenken. Sie holt sich einen Spazierstock aus der Garderobe und macht ihn auf der großen Wiese langsam aber sicher zu Kleinholz. Knabbern hat schon immer geholfen, wenn sie sich konzentrieren muss, davon können viele Stuhlbeine und Tischkanten, Teppichecken und Sofakissen im Schloss erzählen.

Natürlich weiß Agatha, dass Dinge, die Menschen gehören, nicht angekaut werden dürfen. Für Hunde gibt es zu diesem Zweck getrocknete Schweineohren oder Büffelhaut-Pantoffel. Aber mit diesem Spazierstock ist schon lange niemand mehr spazieren gegangen, beruhigt sie ihr schlechtes Gewissen: Gräfin Ludmilla läuft ja seit einiger Zeit mit seltsamen Skistöcken durch die Gegend. Nördliches Gehen oder so ähnlich nennt sie das.

Der Streit mit Antonia liegt Agatha im Magen. Sicher wird sie verpetzt, weil sie Antonia als Barrabas-Teufel beschimpft hat. Das gibt wieder eine Doppelstunde Nachsitzen in Etikette, wenn nicht gar Rennsperre. Wie kommt sie nur raus aus dieser Zwickmühle?

Da fällt ein breiter, langer Schatten auf den Spazierstock. Agatha würde am liebsten den Kopf ins Gras stecken und unsichtbar werden. „Wäre ich doch ein Geisterhund wie Vampirella“, murmelt sie und spuckt schnell den letzten Holzsplitter aus. Sie will gar nicht wissen wer hinter ihr steht. Sie macht sich ganz klein und flach und rast weg, ohne sich umzusehen.

Der dicke Bernhardiner Barry schaut ihr verdutzt nach. Er wollte die Junior-Rennläuferin doch nur zu einer stärkenden Schale Milch einladen. „Flieht vor ihren Fans... so klein und hat schon Star-Allüren!“ Er schüttelt den Kopf und nimmt den Spazierstock-Rest in die Schnauze. „Aber jetzt habe ich wenigstens ein von ihr persönlich angeknabbertes Souvenir. Falls sie mal berühmt wird.“

Unbemerkt von Fans, Spionen und Erziehungsberechtigten schleicht Agatha auf den Dachboden. Die Fledermäuse hängen immer noch da, wo sie waren, die Taube schaut feindselig wie eh und je. Auch das große haarige Tier auf dem wackeligen Regal hat sich nicht bewegt.

Nur die fette Spinne ist aus der Puppenküche in den Puppenkeller umgezogen und hat ihr Netz über ein Loch in der Wand gespannt.

„Gute Idee, öfter mal was Neues!“ Agatha nickt ihr aufmunternd zu.

Auch im Dichterstübchen – so nennt sie die kleine Kammer bei sich – steht alles an seinem Platz. Kaum ist sie auf den gemütlichen Lehnstuhl gehüpft, um sich in Ruhe den Kopf über das Problem Antonia und Co. zu zerbrechen, werden ihre Augen schwer... ein Pfötchen zuckt noch einmal... sie schreckt von ihrem eigenen Schnarcher auf... dann fällt sie in einen tiefen aber nicht traumlosen Schlaf.

Wo ist deine Feder?" Kiko schwirrt aufgeregt um Agathas Kopf.
„Die steckt im Schnabel vom Heiligen Geist", antwortet Agatha.
„Superidee!", krächzt Kiko. „Da kommt keiner drauf. Hier, ich gebe dir eine vorläufige Ersatzfeder." Er zieht ein kleines Federchen aus seiner Bauchunterseite, setzt sich auf Agathas Kopf und säubert seinen Schnabel mit der linken Kralle von Bananenresten. „Irgendwelche Probleme mit deiner Schwester?", fragt er nebenbei. „Mach dir keine Sorgen, es wird schon wieder."
Agatha schaut ihm zweifelnd nach, als er von ihrem Kopf abhebt. „Bleib da und hilf mir, bitte!", ruft sie noch. Aber da ist der froschgrüne Sekretär der Geisterhunde schon längst über alle Berge.
Vor ihr liegt die glatte Wasserfläche des Weihers. Ein merkwürdig geformtes Holzstück schwimmt darin, in der Mitte treiben träge ein paar faulige Blätter. Es ist ganz still, kein Lüftchen regt sich. Agatha sitzt stumm am Ufer; sie starrt ins Wasser und übt Luft anhalten, um ihre Lungen zu stärken.
Da blitzt auf dem Grund etwas Goldenes auf. Agatha beugt sich weit vor, und versucht angestrengt, das glitzernde Ding zu erkennen.
Ich kann ja gar nicht schwimmen, fällt ihr gerade noch rechtzeitig ein, bevor sie das Gleichgewicht verliert. Sie taumelt einen Schritt zurück und hat wieder festen Boden unter den Füßen.
Direkt vor ihr kommt plötzlich Bewegung in die glatte Oberfläche. Schloss Urgestein, das sich gerade noch exakt darauf gespiegelt hat, verliert seine Umrisse und schwankt wie ein betrunkener Matrose. Das Wasser kräuselt sich, einige Luftblasen steigen auf, eine große Welle schwappt über Agathas Füße.
„Don Tulicki!", ruft Agatha. Sie ist außer sich vor Freude. Ein nasser, aber eleganter Labrador mit Hut und Spitzenkragen steigt aus den Fluten und verbeugt sich höflich vor der kleinen Möpsin.

„Zu Ihren Diensten, gnädiges Fräulein. Hocherfreut.“ Er nimmt Agathas Pfötchen und drückt galant einen Kuss darauf. „Süß sehen Sie aus“, sagt er schmeichelnd, während er tief in ihre schwarzen Glubschaugen schaut. „Woher kennen Sie mich?“

„Vampirella Rossa“, hustet sie verlegen mit heiserer Stimme.

Keine Reaktion.

„Die chinesische Nackthündin“, versucht Agatha es weiter. „Ihre Verlobte …“

Don Tulicki zieht eine Augenbraue hoch.

„Der Ring, der hier ins Wasser fiel!“ Agatha gibt nicht auf.

Don Tulicki schüttelt verwirrt den Kopf.

„Haben Sie sie etwa vergessen?“, fragt Agatha empört.

Don Tulicki zupft seinen Spitzenkragen zurecht, lächelt unwiderstehlich und summt mit melodischem Bariton in Agathas Ohr: „Es gibt im Leben, nicht nur die Eine …“

Agatha errötet bis in die Fellspitzen, und ein wohliger Schauer läuft über ihren Rücken. Sie platziert sich möglichst graziös auf der Uferböschung.

„Erzählen Sie mir etwas aus Ihrem Leben? Bitte! Was passierte in dem preußischen Ausbildungslager für Enten-Apporteure? Und wie ging's weiter?“

Don Tulicki setzt sich neben Agatha und legt seine gepflegte Pfote auf ihre vom Lauftraining schwielige Pratze.

„Es war eine harte Schule! Morgens um fünf raus aus dem feuchten Stroh und rein ins eiskalte Wasser, den ganzen Morgen Enten apportieren, abliefern, sitzen, Schnauze halten, frieren. Nachmittags Weiterbildung in Waffenkunde und Französisch, abends in die ungeheizte Bude, Verpflegung miserabel. Aber ich war der Beste! Ich durfte als einziger nach Sanssouci an den Hof Friedrich des Großen!“

„Wow“, Agatha schmilzt tief beeindruckt dahin.

„Dort wurde das Leben besser. Getreu Seiner Majestät Leitspruch: Hunde haben alle guten Eigenschaften des Menschen ohne ihre Fehler zu besitzen, wurden wir über alle

Maßen verwöhnt. Wir durften auf seidenen Sofas schlafen und die livrierten Diener haben uns nur auf Französisch angesprochen. Überall waren volle Näpfe und schlanke Windhündinnen. Ich wurde ein bisschen rundlicher und meine Interessen verlagerten sich endgültig von toten Enten auf lebendige Hundedamen."
„Eine Windhündin ist hier meine beste Freundin!", ruft Agatha aufgeregt dazwischen.
„Ja." Don Tulicki nickt. „Mit denen kann man wirklich Spaß haben." Er steht auf und schüttelt die letzten Tropfen aus seinem Samtumhang. „Viel Glück, schönes Mädchen", sagt er zum Abschied. „Sie gefallen mir sehr. Ach ja, noch ein wichtiger Rat für die Zukunft, deshalb bin ich ja hier. Sie sollten Ihre Wasserscheu überwinden und bald schwimmen lernen. Vielleicht treffen Sie ja einmal meine Ur-Ur-Ur-Ur-Enkelin Tula. Sie ist zwar ein großer Angsthund, hat aber meine entenartigen Schwimmhäute und meine Tauchkünste geerbt."
Und ehe Agatha erzählen kann, dass Tula ihre Freundin und überhaupt nicht ängstlich ist, da ist Don Tulicki schon im trüben Wasser verschwunden.

„Wo bin ich?" Agatha schaut verwundert auf eine seichte Wasserpfütze in der Kuhle des Lehnstuhls. Sie reibt sich die Augen und findet allmählich in die Wirklichkeit zurück. „Einen tollen Ur-Ur-Ur-Ur-Großvater hatte Tula", flüstert Agatha und dehnt und streckt sich genüsslich. „Das muss ich ihr unbedingt erzählen. Und gleich Schwimmunterricht bei ihr nehmen."

Als Agatha durch das Katzenloch in der Speichertür nach draußen kriecht, schlägt die Turmuhr. Agatha zählt mit. Zehn, elf, zwölf! Oje! Ob die anderen schon nach ihr suchen? „Vielleicht wären aber auch alle froh, wenn ich jämmerlich im Weiher ertrunken wäre", seufzt Agatha voller Selbstmitleid und denkt sehnsüchtig an ihren unsterblichen Verehrer.

Kapitel 4

Eine gegen alle!

Agatha spitzt die Ohren. Undeutliches Murmeln und leises Jaulen dringen zu ihr herauf. Auf leisen Pfötchen folgt sie den gedämpften Geräuschen. Je näher sie dem Spielzimmer kommt, desto deutlicher kann sie die einzelnen Stimmen ihrer Geschwister voneinander unterscheiden.

„Gib den Teddy her, der gehört mir!“ Das muss Antonia sein.

„Ich helfe dir.“ Natürlich, ihr unterwürfiger Diener Attila.

„Pfoten weg, du machst mein neues Halsband kaputt!“ Zweifelsfrei Adonis.

„Hat jemand meinen Kauknochen gesehen?“ Klar, Abdullah.

Agatha stellt sich auf die Hinterbeine und blinzelt durchs Schlüsselloch. Im Spielzimmer herrscht ein wildes Durcheinander. Die Spielsachen liegen auf dem ganzen Boden verstreut, und der Teddybär hat nur noch ein Bein. Antonia weint, und Attila versucht vergeblich, das ausgerissene Teddybein mit Geduld und Spucke wieder anzukleben.

Adonis hat sich einen kleinen Handspiegel geschnappt und malt mit schwarzen Pfötchenfarben ein Selbstportrait auf den Boden.

Und Abdullah liegt auf einer Kasperlfigur und rülpst. „Wo ist denn eigentlich Agatha?“, fragt er.

Für den Bruchteil einer Sekunde herrscht Totenstille. Die Geschwister schauen sich fragend an. Dann schreien alle wild durcheinander.

„Seit Stunden nicht gesehen…“

„Vielleicht nach Nirgendwo gerannt…"
„Beim Gemüsehändler versackt…"
„Oder im Weiher ersoffen…"
„Wer ist im Weiher ertrunken? Bitte achtet auf eure Wortwahl!" Lotte, die auf dem gemütlichen Sofa ihre klassische Lieblings-Katzenmusik gehört hat, nimmt den Kopfhörer ab.
„Niemand", stammelt Antonia, „wir überlegen nur, wo Agatha steckt."
„Ach, die hatte ich ja fast vergessen." Lotte watschelt breitbeinig zur Tür und Agatha wird schwarz vor Augen, als ihre Mutter mit ihrem massigen Körper das Schlüsselloch verdeckt.
„Dieses Kind ist so oft verschwunden, dass ich es schon nicht mehr merke." Lotte hebt ein Kissen auf, trägt es im Maul zurück zum Sofa und macht es sich gemütlich. „So, Kinder, Zeit für den Mittagsschlaf!" Sie gähnt. „Ich bitte um absolute Ruhe!"
Agatha hat genug gehört. „Rabenmopsmutter", zischt sie ihr durchs Schlüsselloch nach. Dann dreht sie sich um und macht, dass sie ganz schnell wegkommt.

„Gut, dass Agatha nicht da ist", flüstert Attila. „Das Bett ist sowieso zu klein für alle."
Antonia kichert beifällig.
„Seid jetzt still, ich brauche meinen Schönheitsschlaf", mahnt Adonis und legt seine fein geformten Samtohren wie eine Schlafbrille über die Augen.
„Ich finde es gemütlicher mit Agatha", brummt Abdullah. „Sie fehlt mir irgendwie."

„Ausgerechnet dir, der sich immer am breitesten im Bett macht“, keift Antonia zwischen zusammengebissenen Zähnchen.

Attila zwickt ihr vor Begeisterung in die Nase und Antonia quiekt schrill.

„Ruhe!“, donnert es vom Sofa.

Auf der Suche nach einem ungestörten Plätzchen streift Agatha unterdessen durch das ganze Schloss. Sie rüttelt an versperrten Türen und späht in Winkel und dunkle Ecken. Manche Zimmer, wie der rosa Salon mit seiner Sammlung antiker Uhren, sind ungeheizt, andere ungemütlich oder leer. Als ihr vor Müdigkeit schon fast die Augen zu fallen, findet sie schließlich einen wunderbaren Ruheplatz: den berühmten blauen Salon.

An hohen Feiertagen wie Weihnachten, Ostern oder Namenstagen darf die Mopsfamilie vor dem Kamin im blauen Salon liegen. Gräfin Ludmilla zündet dann die Kerzen an und legt lässig die Beine auf die Couch. Sie setzt ihre handgesägte Hornbrille auf und schaut zu, wie ihre Möpse die liebevoll ausgesuchten Geschenke auspacken. Das hat Mutter Lotte den Kindern erzählt und alle freuen sich schon auf ihren ersten gemeinsamen Feiertag.

Heute ist zwar nicht Weihnachten, auch nicht Ostern und schon gar nicht der 5. Februar, der Namenstag der heiligen Agatha. Man kann auch nicht behaupten, dass es für die unheilige Agatha irgendetwas zu feiern gäbe. Trotzdem hat sie mit ihrem Schnäuzchen die Flügeltür zum blauen Salon einen Spalt aufgestoßen und sich auf Gräfin Ludmillas Couch gelegt.

Nur für einen Augenblick möchte sie von einer glücklichen, harmonischen Familie träumen, und natürlich von einem Überraschungsgeschenk. Einen ganz tollen Freund hätte ich gern, fantasiert sie in Gedanken an Don Tulicki. Und Schwimm- und Kraulunterricht bei seiner Ur-Ur-Ur-Ur-Enkelin Tula. Und einen prächtigen Pokal, überreicht vom Präsidenten des internationalen Rennvereins. Für Mops Agatha, Gewinnerin der Weltmeisterschaft im Windhundrennen stünde in goldenen Lettern darauf. Agatha lächelt selig. Sie würde alle ihre Freunde zu einem großen Fest einladen und es gäbe Blaubeer-Pfannkuchen mit Sahne. Das Wasser läuft ihr im Mund zusammen und tropft auf die blaue Couch. Und später würden sie alle gemeinsam auf der großen Wiese Verstecken spielen und Antonia würde ihr das Pfötchen geben und sie um Verzeihung bitten. Agathas Gesichtszüge entspannen sich, allmählich verwehen all ihre Wünsche in einem dunstigen Schleier, und sie ist eingeschlafen.

„Schach ist das Spiel der Könige: erst denken, dann handeln. Nicht umgekehrt.“ Die königliche Dogge Maximo Maritimo nimmt bedächtig einen Turm in die Pfote und wirft Agathas Pferd aus dem Spiel.
Agatha starrt konzentriert auf das Schachbrett. „Wenn ich jetzt mit dem Bauern deinen Läufer schlage, bedrohst du meinen König. Und wenn ich dann den König bewege, wird er von deinem Pferd geschnappt. Ich bin schachmatt, stimmt's?“
Maximo Maritimo lehnt sich ein wenig im Sofa zurück, rückt die Krone gerade und kramt seine Pfeife aus der Tasche. „Du lernst schnell, Agatha. Ja, ja, hier waren schon viele begabte Schachspieler zu Hause.“
„Und du hast sie alle geschlagen?“, fragt Agatha erwartungsvoll und stellt die Figuren für die nächste Partie auf.
Maximo Maritimo pafft vor sich hin und hüllt die Ahnenbilder an der Wand in dichten Qualm. Eine streng aus dem goldenen Rahmen blickende Ahnin mit einem blassen Mops im Arm scheint genervt zu hüsteln.
„Ich erinnere mich an einen gewissen Hendrik Hountje, das war ein Otterhund mit sehr

langen Krallen, die alle Figuren zerkratzten. Es muss so um 1820 herum gewesen sein, als er auf der Durchreise nach Holland hier vorbei kam. Hountje war im Fischhandel tätig und verdiente wohl sehr gut damit. Jedenfalls wollte er unbedingt um Geld mit mir spielen."

Maritimo Maximo stochert in seiner Pfeife und schlägt die Beine übereinander. „Ist ja eigentlich nicht meine Art, aber ich habe mich überreden lassen." Maritimo scheint sich in seinen Erinnerungen zu verlieren und qualmt schweigend vor sich hin.

Agatha fängt ungeduldig an zu zappeln und wirft scheppernd eine Bauernfigur um. „Geduld, Geduld, kleine Dame", mahnt der alte Schachspieler. „Das Gras wächst nicht schneller, wenn man daran zieht." Umständlich nimmt er ein Taschentuch heraus und putzt sich die große Nase. „Hountje hat zuerst seine Goldstücke verloren", erzählt er weiter. „Dann habe ich ihm zehn Kilo frischen Matjes abgenommen. Und schließlich musste er eine kostbare, handgeschriebene Landkarte hergeben. Ich weiß gar nicht, wie er ohne die nach Holland zurückgekommen ist. Meines Wissens sind die Otterhunde ja auch inzwischen ausgestorben. Aber Spielschulden sind nun mal Ehrenschulden."

Maximo Maritimo beugt sich zu Agatha und sieht ihr fest in die Augen. „Diese Landkarte ist sehr wertvoll", flüstert er verschwörerisch. „Vielleicht kann sie dir noch nützlich sein!"

„Was soll ich damit anfangen?", fragt Agatha arglos. „Ich will doch gar nicht nach Holland."

„Kommt Zeit, kommt Rat! Die Uhr kann stehen bleiben, die Zeit geht weiter. Denk daran!"

Maximo Maritimo steht langsam auf und legt sein schweres Vorderbein auf Agathas Schulter. Nur mit Mühe kann sie sich auf ihren kurzen Beinen halten. „Wir sehen uns wieder wenn die Zeit reif ist.“ Er lächelt Agatha freundlich an und ein viertel Liter Sabber tropft aus seinen Lefzen auf ihren Kopf. „Du hast Talent zum Schachspielen. Und mit etwas mehr Geduld wirst du irgendwann gewinnen!“
„Können wir nicht noch eine Partie spielen?“, bettelt Agatha und schüttelt unauffällig den königlichen aber dafür nicht weniger ekligen Sabber ab.
„Hab Geduld! Alle Dinge sind schwierig, bevor sie leicht werden!“, murmelt ihr geisterhafter Schachpartner und löst sich vor Agathas Augen in Luft auf.

Beim fünften Schlag der Turmuhr schreckt Agatha auf. Verwundert schaut sie auf eine hölzerne Schachfigur, die auf dem glatten Parkettboden herumkullert. Die dürfen wir bei unserem nächsten Spiel nicht vergessen, denkt sie und stellt die Figur ordentlich auf ein wackeliges Tischchen. Ihr Magen knurrt: es ist höchste Zeit für eine kleine Zwischenmahlzeit. Hungrig wie tausend Möpse hopst Agatha von Ludmillas Couch.

Der Fünf Uhr Tee wird nach alter Tradition im Tausend Blumen-Zimmer des Schlosses eingenommen. Die Tapete, der Teppich und sogar das kleine Sofa, auf dem die Mopsfamilie zur Teezeremonie Platz nimmt, ist mit großen Blüten und Blättern in vielen bunten Farben verziert. Lotte und Ludmilla sind sich nämlich einig, dass farbige und fröhliche Motive aus der Natur die Instinkte der heranwachsenden Mopskinder stärken und sensibilisieren.

Zum Tee gibt es Bunter Hund, einen Hundekuchen, der in der Schlossküche frisch gebacken wird. Gräfin Ludmilla hat das Rezept von ihrer Mutter geerbt, und die von ihrer Mutter und die wiederum von ihrer Mutter, Ludmilla I.

Fragt ein Gast die Gräfin nach den Zutaten, tut sie sehr geheimnisvoll. „Handgerührte Tierliebe steckt drin, eine Prise schwarzer Humor, eine Messerspitze Fantasie, zwei Zuckerlöffelchen Ruhe und Ordnung und sieben fein gehackte Karotten“, sagt sie dann, und jeder neugierige Gast hat verstanden, dass es sich um ein Geheimrezept handelt.

Agatha und ihre Geschwister lieben den Bunten Hund und können gar nicht genug davon kriegen. Während Mama Lotte ihnen Lätzchen um den Hals bindet, damit der bunte Blumenstoff nicht ruiniert wird, läuft ihnen schon das Wasser im Mund zusammen. Eifersüchtig beobachten sie, ob die Stücke gerecht verteilt werden, und Abdullah schnappt nach Antonias Pfötchen, wenn es seinem Teller zu nah kommt. Am liebsten würden alle den ganzen Bunten Hund mit einem einzigen Happs verschlingen. Doch bevor es richtig losgeht, ordnet Lotte „still sitzen und schweigen“ an.

„Denkt an die zwei Zuckerlöffelchen Ruhe und Ordnung, die drinstecken, ohne die schmeckt der bunte Hund nicht“, erklärt sie ihren Welpen. „Wer sein Fressen zu schnell verschlingt, bekommt Bauchweh und kann den delikaten Geschmack nicht genießen.“

Da kommt Agatha um die Ecke gebogen. Mit einem großen Satz springt sie auf den sorgfältig gedeckten Tisch und landet genau vor dem größten Stück, das stets für Mama Lotte reserviert ist. Sie schaut kurz zu ihrer brav auf dem Sofa aufgereihten Familie.

„Danke, dass ihr nicht ohne mich angefangen habt!“, sagt sie schnell, bevor sie dem Bunten Hund herzhaft in den dicken, mit geheimnisvollen Leckereien gefüllten Bauch beißt.

Als habe eine Trompete zum Angriff geblasen, stürzen sich die Mopskinder nach diesen Worten in die Kuchenschlacht. Und im Nu sind vom Bunten Hund nur

noch ein paar winzige Krümel übrig, die Abdullah gierig vom Tisch abschleckt.

Der Blumenstoff hat neben einer gelben Rose einen fiesen Fettfleck abgekriegt. Die Teekanne ist umgekippt und auf dem bunten Teppich bildet sich langsam aber sicher eine bräunliche Pfütze. Als wäre das nicht genug, ist Abdullah auch noch der letzte Krümel im Hals stecken geblieben, verzweifelt versucht er, ihn wieder herauszuwürgen.

Agatha leckt sich genüsslich über die Lippen und grinst in die Runde. „Super Fressgelage!", ruft sie begeistert und haut Abdullah mit aller Kraft auf den Rücken. „Der beste bunte Hund seit meinem letzten Bunten Hund!"

Abdullahs Augen quellen fast aus dem Kopf als er ein letztes Mal hustet und endlich den unseligen Krümel in großem Bogen ausspuckt. Leider – und das ist wirklich Pech – landet das Ding wie eine abgefeuerte Schrotkugel genau zwischen Lottes Augen und bohrt sich schmerzhaft in ihre Nasenfalte.

„Jetzt reicht es!" Lottes gefährlich leise Stimme scheint aus einem tiefen Loch zu kommen. „Sofort ab ins Bett, und zwar alle!"

Antonia versucht noch ein zaghaftes „aber Agatha war Schuld…", doch nach einem Blick auf Lottes versteinerte Miene hält sie besser das Maul und zuckelt mit gesenktem Kopf hinter den Geschwistern her.

Seit einer Stunde sitzt Mutter Lotte nun schon vor dem Hundehaus und zerbricht sich ihren schweren schwarzen Kopf, in dem ein großes Durcheinander herrscht. Schick Agatha ins Internat, sie ist wie ein fauler Apfel, der alle anderen ansteckt, sagt ihre

rechte Gehirnhälfte, zuständig für  Strenge und Konsequenz. Sie ist etwas Besonderes, sie braucht mehr Verständnis und Liebe, sagt ihre linke Gehirnhälfte, zuständig für Gefühle und Großzügigkeit.

Wenn ihre beiden Gehirnhälften sich nicht einigen können, wer soll dann die richtige Entscheidung über Agathas Erziehung treffen? Vielleicht der Regenwurm, der sich blind durch die Erde schlängelt? Oder die Hummel, die ziellos herum brummt? Oder etwa Agathas Vater, der nie da ist, wenn man ihn mal braucht? Lotte schnaubt verächtlich vor sich hin.

Da erscheint Gräfin Ludmilla auf der großen Wiese, um frische Blumen für ihre Vase im Tausend Blumen-Zimmer zu pflücken. Sie bleibt vor Agatha stehen und

merkt sofort, dass etwas nicht stimmt: keine Welpen weit und breit, kein wildes Getobe und fröhliches Gebell. Und Lotte selbst sieht aus wie zehn Tage Regenwetter.

„Agatha ist das Problem, stimmt's?“ Ludmilla seufzt voller Mitgefühl.

„Möchtest du, dass wir sie zu meinem Cousin ins Internat bringen?“

Lotte starrt sie entsetzt an.

„So schlimm ist es dort gar nicht. Aber du entscheidest das, du bist ihre Mutter“, Gräfin Ludmilla nimmt ihren Korb und schlendert weiter durch den Garten.

Allmählich wird Lotte klar, dass niemand ihr helfen kann, dass sie ihre Entscheidung ganz allein treffen muss. Sie rappelt sich mühsam auf und reißt die Tür zum Hundehaus auf. „Agatha, du übernachtest in der alten Hütte, alle anderen bleiben, wo sie sind“, verkündet sie energisch.

Agatha trottet wie ein Häufchen Elend hinter ihrer Mutter her. In Gedanken malt sie sich aus, wie sie an einer schweren Kette hängt, umzingelt von giftigen Spinnen und riesigen Käfern, und bedroht von gierigen Ratten mit roten Augen.

Als sie auf den von Unkraut überwucherten Weg einbiegen, an dessen Ende die halb verfallene Hütte steht, geschieht jedoch etwas Seltsames. Unter dem Unkrautteppich gibt plötzlich die Erde nach, und Mama Lotte plumpst in ein Loch. Agatha bleibt verwirrt stehen. Über ihr flattert ein froschgrüner Vogel durch die Luft und kichert albern.

„Genial, oder?", krächzt er. „Das Loch hat unser Geisterdackel Waldi superschnell gebuddelt! Du kannst jetzt abhauen!"

„Mama, ich helfe dir!", ruft Agatha trotz Kikos Ratschlag in das Loch hinein, in dem Lotte feststeckt wie in einem engen schwarzen Korsett. Ihre kräftigen Beine trampeln und graben wie verrückt, mit der Schnauze schleudert sie wie wild Erdbrocken und Unkrautfetzen durch die Gegend. Sogar ein geübter Maulwurf wäre von Agathas Technik beeindruckt. Schon nach wenigen Augenblicken ist das Loch so breit und flach, dass Lotte mühelos herausklettern kann.

„Das war lieb." Lotte gibt Agatha einen Kuss auf die erdverkrustete Schnauze. „Du bist wirklich ein Schatz. Lass uns zu den anderen zurück gehen."

Hat dieser Schreck sie vielleicht vor einer falschen und zu strengen Entscheidung bewahrt? Mama Lotte nimmt sich vor, bei Gelegenheit doch einmal mit Agathas Vater zu sprechen.

Kapitel 5

Geisterstunden mit Geisterhunden

„Ich dachte, die beige Missgeburt soll in der alten Hütte übernachten?“ Antonia setzt sich empört auf ihren Hintern, als Agatha und Lotte ins Hundehaus zurückkommen. „Mama, warum wird Agatha nicht bestraft?“ Sie zetert weiter und zupft Lotte kräftig am Ohr.

„Jetzt hör auf zu meckern und dich einzumischen, Antonia!“ Lotte schüttelt Antonia ab, bugsiert Agatha unter die Decke und leckt ihr noch einmal über das runde Gesicht. „Träum was Schönes“, flüstert sie zärtlich. Ein Glück für Antonia, dass keiner die eifersüchtige Grimasse hinter Mamas Rücken gesehen hat.

Von ferne hört Agatha leises Orgelspiel und lieblichen Gesang, aus einem silbernen Kessel strömen süße Weihrauchwolken in ihre Nasenlöcher. Mit einem lauten ‚Hatschi‘ schlägt sie die Augen auf.

„Ich bin tot“, denkt sie wehmütig und faltet andächtig die Vorderpfoten. Über ihr erhebt sich eine mächtige Kanzel, die von zwei pummeligen Engelchen mit vergoldeten Flügeln umrahmt wird.

„Bist du der liebe Gott?“, fragt Agatha den weißen, wuscheligen Typ der oben auf der Kanzel steht und auf sie heruntersieht. Der Wuscheltyp streicht die widerspenstigen Rastalocken aus dem Gesicht, die gleich wieder wie ein kaputter Rollladen über seine Augen fallen.

„Gott ist etwas übertrieben", sagt er bescheiden hinter seinem luftdichten Langhaarpony. „Aber lieb bin ich, das stimmt. Und ein guter Freund vom heiligen Franz von Assisi, der zu den Tieren gepredigt hat." Er senkt die Stimme. „Ich warne dich, Agatha." wispert er und kontrolliert mit einer schnellen Kopfbewegung, ob ein Spion mithört.
Hat sie es doch geahnt, dass eine weitere Standpauke fällig ist. „Okay, aber könntest du bitte den Weihrauch abstellen, ich bin total allergisch darauf." Agatha niest nochmal laut. Mit einer lässigen Handbewegung stoppt der wirrwilde Wuscheltyp die schwer duftenden Rauchschwaden.
„Darf ich dich noch etwas fragen? Es ist wichtig!" Agatha sieht ihn mit tränenden Augen an. „Bin ich tot?"
Der Wuscheltyp schüttelt den Kopf, was seine Frisur völlig verwuschelt und verwirrt. „Keine Angst, Agatha, du lebst. Die Musik im Hintergrund kommt aus der Stereoanlage und die Engel sind aus Gips. Ich bin übrigens Kardinal Puli, ungarischer Hirtenhund und Beichtvater a. D., zuständig für Ängste und Mutproben der Ur-Urgestein-Hunde zwischen 1585 und 1600. Er holt ein knallrotes Haargummi aus seiner Kardinalsrobe und bindet die Wuschelhaare zu einem lässigen, leicht schrägen Pferdeschwanz.
Agatha lacht. „Du siehst cool aus!"
„Manche modernen Erfindungen sind wirklich praktisch", bestätigt der Kardinal. „Aber nun kommen wir mal zur Sache."
Agatha macht ein ernstes Gesicht und spitzt die Ohren.
„Im Laufe meines ewigen Lebens habe ich viele Hundekinder getroffen, die zu Hause Ärger hatten", beginnt der Kardinal, „du bist nicht die einzige."
Agatha legt gelangweilt den Kopf auf die Pfoten und streckt die Hinterbeine kreuz und quer von sich. Das scheint eine ausführliche Strafpredigt zu werden.
„Ich will dir aber keine ausführliche Strafpredigt halten!" Der Kardinal scheint Agathas Gedanken lesen zu können.

„Gott sei Dank … So ein Segen …“, murmelt Agatha, setzt sich wieder ordentlich hin und rollt den Ringelschwanz zu einer perfekten Schnecke.
„Du bist vielmehr die einzige, die auserwählt wurde, eine große Gefahr abzuwenden. Ich sehe Hindernisse, die du überwinden musst, damit deine Familie überleben kann …“
Agatha reißt ungläubig die Glubschaugen auf. „Was für große Gefahren denn?“
Kardinal Puli pult das Haargummi aus seiner Mähne und lässt den Wuschelvorhang herunter. „Ich kann es nicht genau sehen, nicht mal, wenn ich nichts sehen kann.“
Vor Agathas Augen formt sich ein riesiges Fragezeichen, das goldglänzend in der Luft hängt und langsam schmilzt. Ein glühend heißer Tropfen zerplatzt zischend auf dem Steinboden.
„Das Fragezeichen ist das Zeichen für Fragen“, verkündet Kardinal Puli bedeutungsvoll. Darauf wäre Agatha auch allein gekommen. Doch was hat es zu bedeuten?
„Wovor hast du am meisten Angst?“ Kardinal Puli scheint eine Spur aufgenommen zu haben und wackelt aufgeregt mit seinen Rastalocken, „das ist die Frage!“
„Angst?“ Agatha muss nachdenken. „Käfer und Spinnen vielleicht. Allein im Dunkeln schlafen mag ich auch nicht besonders …“ Obwohl sie sich den Kopf zerbricht, fällt ihr nichts mehr ein.
„Nein, nein, so etwas meine ich nicht“ der Kardinal schaut gebannt auf das Fragezeichen, das immer schneller erkaltet und zu einem Häufchen Asche in sich zusammenfällt. „Die, vor denen du dich wirklich fürchtest, werden eure Rettung sein. Erkenne die Feinde und mache sie zu deinen Verbündeten.“
Von dem goldglänzenden Fragezeichen ist nur noch der schwarze, erloschene Punkt übrig geblieben. Kardinal Puli greift ihn aus der Luft und wirft ihn Agatha zu.
„Nimm die Herausforderung an“, sind seine letzten Worte, bevor der schwarze Punkt in Agathas Pfoten plumpst und zu Staub zerfällt.

Es ist noch dunkel, als Agatha aufwacht und leise aus ihrer Decke kriecht. Hoffentlich kann Kiko mir sagen, was das alles zu bedeuten hat, denkt sie, und macht sich auf den Weg, um ihm die staubigen Reste des Fragezeichens zu zeigen. Als sie mitten auf der Treppe nach oben ist, hört sie ein leises Raunen aus dem Ahnenzimmer. Agatha stößt die Tür auf und springt auf das blutrote Ledersofa, das seit vielen hundert Jahren dort steht. Aus ihren Vorderpfoten rieselt der letzte Rest des Fragezeichens.

„Mein einziger Beweis für Kiko ist für immer verloren“, murmelt Agatha enttäuscht. Komisch. Aus der staubigen Masse entsteht wie von Zauberhand die Silhouette von zwei schlanken, schwarzen Hunden.

Nervös kaut Agatha auf einer Kissenecke herum und lässt ihren wildesten Fantasien freien Lauf. Boxende Köter aus Staub legen ihren schönen Bruder Adonis aufs Kreuz, schlanke Hundesilhouetten schlagen ihre schwarzen Zähne in Antonias Flanke, Abdullah wird von einem bunten Hund in einem Berg aus Teig erstickt und Attila steht schreiend auf einer Felsspitze im Meer, während unter ihm drei grinsende Seehunde auf seinen Absturz warten.

„Wie soll ich denn diese übernatürlichen Feinde besiegen oder gar zu meinen Verbündeten machen?“, stöhnt Agatha. „Das schaffe ich nie.“

Plötzlich kommt Bewegung in die Ahnengalerie an der Wand. Die kunstvoll gemalten Hunde, die sich ewig nicht gerührt haben, tuscheln miteinander und zwinkern ihr aufmunternd zu.

„Ich bin doch erst zwölf Wochen alt“, fiepst Agatha, „warum lasst ihr mich nicht in Ruhe? Ich möchte verstecken spielen und mit Valentina um die Wette rennen und Blaubeerpfannkuchen mit Sahne fressen. Mehr will ich gar nicht.“

Doch die Ahnenhunde tuscheln und zwinkern weiter und zeigen kichernd mit den Pfoten auf sie. Einer versucht aus dem Rahmen zu steigen, wird aber wie von einer unsichtbaren Leine zurückgezogen. Er röchelt und flucht fürchterlich.

Agatha hält sich die Ohren zu und vergräbt ihren Kopf im Kissen. Der schwere Weihrauchgeruch scheint noch immer an ihr zu hängen. Jedenfalls braucht sie jetzt dringend frische Luft, um nicht zu ersticken. Sie hebt den Kopf, niest dreimal und atmet tief durch.

Die Ahnenhunde schweigen, ihre Pfoten sind wieder da, wo der Künstler sie hingemalt hat.

„Nichts ist unmöglich", sagt Agatha zu sich selbst, „Wäre doch gelacht, wenn mich ein paar alberne, tuschelnde, zwinkernde und fluchende Hundeportraits ins Boxhorn jagen könnten." Sie hopst vom Sofa und streckt den Ahnenhunden frech die Zunge heraus.

Als Agatha in ihrem Geheimversteck auf dem Dachboden ankommt, ist von Kiko keine Spur zu sehen. Dafür zieht ein gewaltiges Unwetter herauf. Der Sturm heult um die Mauern, das ganze Schloss scheint zu zittern.

Agatha duckt sich hinter die Lehne eines alten Ohrenbackensessels. Die Fensterscheibe zersplittert mit lautem Knall, der Wind stürmt herein wie ein wilder Stier. Er erfasst die Seiten des Fotoalbums und blättert sie in rasender Geschwindigkeit um, bis er bei einem Foto von schwarzen schlanken Hunden Halt macht. Und als ob genau das sein Plan gewesen wäre, rauscht er mit einem eleganten Wirbel zum Fenster hinaus.

Agatha wagt sich hinter dem Sessel hervor und betrachtet das Chaos um sie her. Überall liegen Glasscherben, ein hoher Bücherturm ist über einem abgenutzten braunen Koffer zusammengebrochen, der herabgestürzte Kronleuchter hat sich im Gegenwind kurz aufgerichtet um dann wieder schlapp zu machen. Nur der alte Sessel steht immer noch stabil auf seinen dicken Beinen.

Agatha springt hinauf, rollt sich auf dem Fotoalbum zusammen und gähnt. Irgendwann wird Kiko ja aufkreuzen, denkt sie noch, bevor ihr vor Erschöpfung die Augen zu fallen.

„Du bist seit vielen hundert Jahren das erste lebendige Wesen, das mich hier unter der Erde besuchen kommt", begrüßt die englische Bulldogge Big Ben die kleine Möpsin, die wie aus heiterem Himmel vor ihm sitzt. „Willkommen in meinem bescheidenen unterirdischen Reich!" Seine tiefe Stimme wird von den kahlen Kerkerwänden als vielfaches Echo zurück geworfen.

„Danke", sagt Agatha ganz laut und deutlich, um zu testen, ob das Echo auch bei ihr funktioniert. Es funktioniert: danke, danke, danke, danke schallt es von überall her.

„Ist ja schon gut, ich stell mal das Echo ab." Big Ben zieht an einer Schnur, eine Gittertür fällt herunter und verschluckt rasselnd das Echo. „Die Wände sind nicht an Dialoge gewöhnt. Sie kennen nur meine Selbstgespräche und verdoppeln und verdreifachen jedes Wort, damit ich mich nicht so allein fühle." Er schiebt die Unterlippe vor und nimmt einen kräftigen Schluck aus einer der vielen Tonflaschen zu seinen Füßen.

„Darf ich auch was trinken?", fragt Agatha. „Ich habe nach den Treffen mit euch Geisterhunden irren Durst."

„Selbstgebrannter Staubschnaps mit Regenwasser und Luftaroma", erklärt die Bulldogge stolz und reicht Agatha die Flasche.

„Eigentlich nichts für Kinder. Aber zur Feier des Tages…“
Der Staubschnaps Extra Dry rinnt ihr brennend die Kehle hinunter und steigt gleichzeitig senkrecht in ihren Kopf um sich daraufhin überall wie eine watteweiche Wolke auszubreiten. „Warum bist du hier ganz allein eingesperrt?“ fragt Agatha ein bisschen benebelt. „Hast du deiner Mutter auch den bunten Hundekuchen weg gefressen?“ Sie kichert in Gedanken an ihre kriminelle Meisterleistung.
Big Ben zeigt einen lückenhaften Unterkiefer mit ziemlich schiefen Zähnen. „Ich bin ein gefährlicher Beißer und ein echter Panzerknacker, nicht so ein mittelmäßiger Kuchendieb wie du.“
„Na ja, sooo einfach war das nicht, Mama den Bunten Hund zu klauen“, verteidigt Agatha ihre Ganovenehre. „Und Schule schwänzen oder Antonia das Maul stopfen schafft auch nicht jeder.“
Big Ben nickt anerkennend. „Ich meinte das nicht persönlich“, nuschelt er entschuldigend und zuckt mit den Schultern. „Ich bin kein gutes Vorbild, ich habe in meinem Leben sehr viel falsch gemacht.“ Big Ben nimmt noch einen Staubschnaps und wischt sich mit der Pfote verstohlen über die feuchten Augen. „Du siehst ja, was aus mir geworden ist. Alt, einsam und verlassen in diesem Kerker.“
Agatha bahnt sich einen Weg durch die vielen leeren und halbvollen Tonflaschen und nimmt seine Pfote. „Sei nicht traurig. Du hast hier wenigstens deine Ruhe. Ich würde gern mit dir tauschen.“

Die Bulldogge strafft die krummen Schultern. „Mein Geisterhund-Komplize Eddy hat mir doch gestern ein Eilecho geschickt… was war das bloß…“ Angestrengt legt er die Stirn in Falten.

Agatha versucht ihm zu helfen. „Wer ist Eddy?“

„Eddy ist ein alter Klatschmaul-Terrier, er hängt im Ahnenzimmer von Schloss Urgestein an der Wand“, antwortet Big Ben. „Wir wollten mal zusammen ein Ding drehen.“

„Ach der“, sagt Agatha enttäuscht. „Der hat mich schon genug genervt.“

Big Ben zieht mit einem Ruck die Falltür hoch und schnauft schwer. Die kahlen Wände reagieren sofort. Schnauf, schnauf, schnauf, wiederholen sie, als habe sich eine Dampflock in Bewegung gesetzt. Big Ben legt mahnend einen Finger auf seine Schnauze. „Psssst“, flüstert er fast unhörbar. „Eddys Eilecho von gestern um 18 Uhr 44 bitte abrufen!“, ruft er den Wänden laut und deutlich zu.

Nach einem kurzen Moment beginnt es zu rattern wie ein altes Funkgerät. ‚Hab was läuten hören +++ erzähl deiner besucherin von den verlorenen schätzen +++ ich komm hier nicht weg +++ neue lieferung staubschnaps bestellt. wau dein eddy.‘

Agatha vergräbt den Kopf in den Pfoten und winselt leise. „Der soll mich endlich in Ruhe lassen, ich habe die Nase voll!“

Big Ben lässt behutsam die schallschluckenden Gitter wieder herunter. Agathas Wut auf seinen Staubschnaps-Lieferanten muss ja nicht jeder mitkriegen.

„Hör genau zu, Agatha! Was ich dir jetzt erzähle, wird dir aus irgendeiner Patsche helfen. Eddy weiß, warum.“ Big Ben lehnt sich an die Wand und schaut mit glasigen Augen in sich hinein. „Es war um das Jahr 1700. Eddy war das schwarze Schaf der Urgestein-Sippe, ich war Kampfhund bei einer Räuberbande. Wir wollten zusammen nach Afrika, ein neues Leben anfangen. Natürlich brauchten wir Geld für die Reise. Also habe ich unsere Bewacher gebissen, und Eddy hat eine Krone mit Edelsteinen und einen wertvollen Kerzenleuchter mitgehen lassen. Danach hat er Angst bekommen, die heiße

Ware versteckt und mir die Schuld in die Schuhe geschoben. Die Eltern haben natürlich ihrem Sohn geglaubt. Und ich wurde zu viertausendmal lebenslänglich verurteilt."
Agatha zieht entsetzt die Leftzen hoch „Du Armer! Eddy ist wirklich ein feiger Mistkerl!"
Big Ben wiegt seinen massigen Körper vor und zurück. „Er hat das Versteck nie verraten, hatte wohl geplant, später allein abzuhauen. Aber er ist überraschend an einer fiebrigen Halsentzündung gestorben und hängt seitdem festgenagelt im Goldrahmen. Auch kein schönes Schicksal."
„Ich hol dich hier raus", sagt Agatha. Sie umarmt Big Ben so fest sie kann. „du hast lange genug unschuldig gebüßt."
Der große Hund drückt sie wie ein kleines Kissen an seine breite Brust. „Geh jetzt nach Hause, Agatha. Und vertrau Eddy, er ist kein schlechter Kerl." Er schiebt sie sanft weg und greift mit zittrigen Pfoten nach einer neuen Flasche.

Blinzelnd schlägt Agatha die Augen auf und gähnt. Die Sonne scheint durch das zerbrochene Fenster, draußen zwitschern die Vögel miteinander um die Wette. Sie schüttelt die düsteren Träume an Staubschnaps, Kerker und Eddy ab. Dann holt sie tief Luft und sprintet die Speichertreppe hinunter ins Freie.

Kapitel 6

Geheime Botschaften

Gräfin Ludmilla steht am Fenster des blauen Salons und schaut nachdenklich in den Schlossgraben. Kurzsichtig kneift sie die Augen zusammen. Vier kleine schwarze Punkte und eine weiße Schneeflocke tanzen durch die Wiese, in der Nähe sitzt ein großer dunkler Schatten. Die Gräfin setzt ihre handgesägte Hornbrille auf. Aus den schwarzen Pünktchen werden vierbeinige Hündchen mit runden Kugelbäuchen, aus dem großen dunklen Punkt die still vergnügte Mops-Mama, die seelenruhig an einem Grashalm kaut. Und die wirbelnde weiße Schneeflocke entpuppt sich bei näherem Hinsehen als Agatha höchstpersönlich. Wie glücklich sie sind, denkt die Gräfin zufrieden, und wie sie ihr Leben genießen.

Ein Auto nähert sich mit knirschenden Reifen auf der Kiesauffahrt. Antonia spitzt ihre kleinen Ohren. Neugierig, wie sie nun mal ist, bezieht sie hinter der Hecke einen Beobachtungsposten. Ein dicker Mann in grauem Anzug steigt aus dem Auto. Er hat eine große Aktentasche dabei und riecht streng nach Katzen. Antonia knurrt leise.

Nachdem Agatha mindestens zehnmal mit Attila den Schlosshang hinauf und hinunter gerannt ist, Adonis fünfmal über das blauschwarz glänzende Fell geleckt hat und immer wieder mit Abdullah durch die Blumenwiese gekugelt ist, sinkt sie außer Atem neben ihrer Mama ins Gras.

„Hauch mich mal an", Lotte bläht ihre Nasenlöcher.

Agatha holt tief Luft und pustet reichlich warme Luft in Lottes Richtung.

„Staubschnaps Extra Dry“, kommentiert sie ihre unüberriechbare Alkoholfahne.

Lotte ist fassungslos. Alkoholkonsum im Alter von zwölf Wochen! Wie konnten ihre Erziehungsmethoden nur so versagen! Sie muss wohl auch ein ernstes Wörtchen mit Professor Fidel wechseln. „Warst du an Gräfin Ludmillas Barschrank?“, fragt sie streng.

„Nein, nein“, wehrt Agatha ab, „den Schnaps habe ich von Big Ben. Der sitzt im Kerker und wir müssen ihn befreien!“ Und die ganze Geschichte ihres Abenteuers sprudelt aus Agatha heraus wie aus einer undichten Staubschnaps-Flasche.

Lotte legt ein Vorderbein um Agathas Hals und leckt ihr beschwichtigend über die Schnauze. „Beruhige dich, mein Kind, du hast ja eine ganz heiße Nase.“ Hat Agatha etwa Wahnvorstellungen? Vielleicht muss sie aber auch nur ihren Rausch ausschlafen, beruhigt Mama Lotte sich selbst, während Agathas Beine einknicken und ihr Kopf schwer auf Lottes Pfoten sinkt.

Eng umschlungen liegen die beiden im Gras und Lotte lauscht gerührt auf den schnellen Herzschlag ihrer Tochter. Agatha seufzt im Schlaf und kuschelt sich noch ein bisschen enger an ihre Mama. Die Abendsonne verschwindet rot glühend hinter der Turmuhr, die ersten Glühwürmchen spielen Ringelreihen und Lotte spürt, wie sehr sie ihr eigensinniges Sorgenkind liebt.

Plötzlich zerreißt ein höchst unfeiner, empörter Fluch aus Ludmillas gräflicher Kehle die harmonische Stimmung. Und fast gleichzeitig kommt Antonia wie ein geölter Blitz um die Ecke gebogen. Grob stößt sie Agatha aus Lottes Armen und krächzt atemlos: „Das Schloss wird verkauft. Wir sollen ins Tierheim. Ich habe alles mit angehört.“ Sie bricht schrill jaulend zusammen.

„Keine Panik!“, ruft Lotte ihren aufgeregten, wild durcheinander hechelnden und kläffenden Welpen zu. „Ich werde das mit Gräfin Ludmilla klären.“

„Zu spät“, schreit Antonia außer sich „sie hat ein Blatt Papier mit ihrem goldenen Füller unterschrieben und geweint. Und der dicke graue Mann hat dazu gegrinst.“

Ihre Geschwister fangen hysterisch an zu jaulen.

„Benehmt euch nicht wie die Zitteraale“, mahnt Lotte streng und befiehlt, dass alle ihre Spielsachen einsammeln und ordentlich und ruhig ins Hundehaus gehen. Abdullah weint leise vor sich hin und auch Agatha lässt den Kopf hängen und trottet ratlos hinter den anderen her.

„Agatha“, wispert es da leise von der Schlossbrücke, und ein gut bekannter froschgrüner Vogel winkt hektisch mit der Kralle. „Komm unauffällig nach! Na los, mach schon!“

Kurz vor der Hundehaustür holt Agatha tief Luft und und entringelt ihren Schwanz. Sie rennt in vollem Karacho los und nimmt Tempo auf. Vorbei an ihren verängstigten Geschwistern, vorbei an verspielten Glühwürmchen und schwankenden Grashalmen, vorbei an ahnungslosen Hummeln und unschuldigen Gänseblümchen. Und vorbei an Gräfin Ludmilla, die mit verweinten Augen auf einer Bank vor der Schlossbrücke sitzt und nach Luft schnappt.

Agatha bellt ihr aufmunternd zu „Wir verjagen den dicken Kerl. Nichts ist unmöglich!“ Sie rast weiter.

Könnte Ludmilla die Hundesprache verstehen, würde sie Mut schöpfen und Agatha vertrauen. Doch da sie leider einsprachig aufgewachsen ist, sieht sie der Renn-Möpsin nur mit tränenblinden Augen nach.

Als Agatha im Dichterstübchen ankommt, sitzt Kiko schon auf einem Bücherstapel und ‚liest‘ das oberste Exemplar von Brehms Tierleben mit seinem scharfen Schnabel. Viele Papierfetzchen liegen bereits herum, und Kiko nähert sich gerade dem zweiten Kapitel über Braunbären.

„Das hat ja ewig gedauert“, ruft er und spuckt eine Überschrift aus. „Du bist auch nicht mehr die Schnellste!“

„Ich kann eben nicht fliegen“, gibt Agatha zurück, „du hast leicht reden!“

Kiko beendet seine Lektüre und nimmt kerzengerade auf der Stuhllehne Platz. „Ich habe die Katastrophe kommen sehen“, krächzt er wichtigtuerisch. „Gräfin Ludmilla ist so gutgläubig! Wie konnte sie diesem fiesen Kerl nur vertrauen! Jetzt ist ihr ganzes Geld weg. Und euer Zuhause auch.“

„Kannst du uns denn nicht aus der Patsche helfen?“ fleht Agatha und streicht über sein schillerndes Federkleid. „Du weißt doch immer alles besser.“

Kiko zieht ein Fädchen aus dem Polster der Stuhllehne und wickelt es um eine seiner prachtvollen Schwanzfedern. „Das übersteigt meine Zuständigkeit als Privatsekretär der Geisterhunde. Aber sie haben mich beauftragt, eine Botschaft an dich weiterzuleiten, mit deren Hilfe du die aussichtslose Lage retten könntest.“

„Ich? Wieso ausgerechnet ich? Warum fragt ihr nicht Mama oder die neunmalkluge Antonia?“

„Änderungswünsche nimmt der Familienchef nach Terminvereinbarung entgegen“, erwidert der Papagei. „Ich plappere die Anweisungen nur nach.“

„Gut. Aber was soll ich machen?“

„Na, du musst die verlorenen Schätze finden und damit euer Zuhause retten! Meinen unsterblichen Vorgesetzten ist daran gelegen, dass sie nicht aus ihrem Stammschloss ausziehen müssen. Deshalb soll ich dir Folgendes mitteilen.“

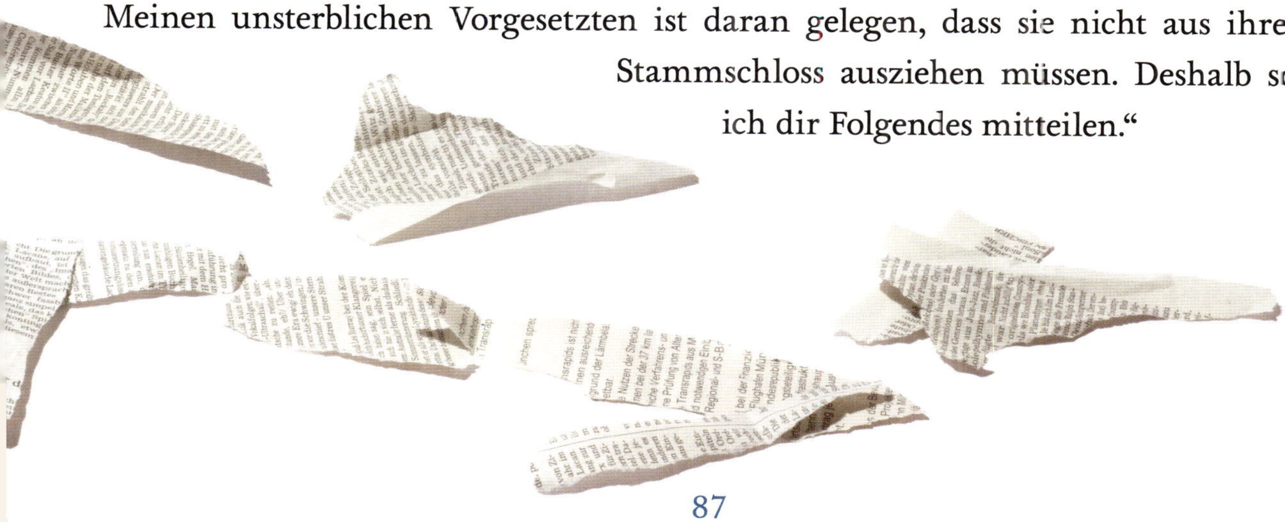

Kiko zupft feierlich das Fädchen aus der prächtigen Schwanzfeder und entrollt sie. Die Feder ist eng bedruckt mit winzigkleinen, tintenblauen Schriftzeichen. Er schaut Agatha bedeutungsvoll an. „Es handelt sich um wesentliche Hinweise aus früheren Unterhaltungen.“

Er liest vor:

Zu Pfoten Mopsfräulein Agatha von Urgestein
Persönlich Vertraulich Streng geheim

Das Wasser weint um Liebende
und in seinen Tränen fließen vergessene,
kostbare Erinnerungen.

Die Angst ist ein schlechter Berater
Tief in der Erde fallen glänzende Lichtstrahlen
auf deine Zukunft.

Kommt Zeit, kommt Rat.
Hinter den Spiegel zu schauen bringt Erleuchtung.
Der Weg ist das Ziel.

Sieh deinen Feinden ins Auge und
das Böse wird Gut werden.

Mit geistvollen Grüßen

Kardinal Puli

DON TULICKI 吸血鬼姫赤

Big Ben Eddy König Maximo Maritimo

Kiko zerhackt die beschriftete Feder mit seinem gebogenen Schnabel in vier Schnipsel und verstreut sie schlampig auf dem Fußboden.

„Dieses Dokument muss sofort vernichtet werden", erklärt er. „Ist ein Befehl von oben. Ich hoffe, du hast dir alles gemerkt?"

Agatha schlackern die Ohren. Über ihrer Nase bildet sich eine dicke Querfalte, ratlos kratzt sie sich am Kopf.

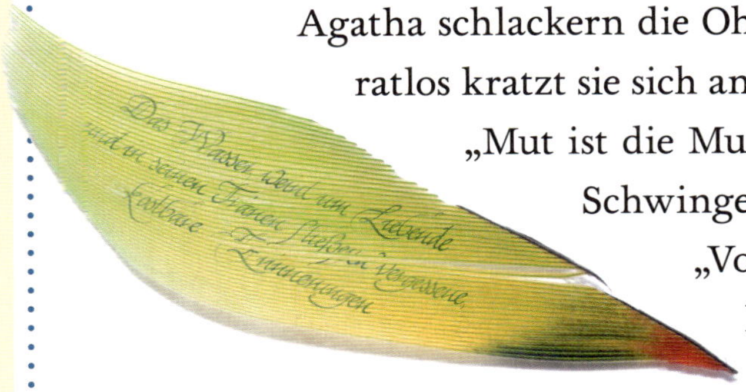

„Mut ist die Mutter der Porzellankiste", krächzt Kiko und breitet die Schwingen aus.

„Vorsicht", erklärt Agatha. „Vorsicht ist die Mutter der Porzellankiste.

„Ach, wer weiß denn hier alles besser?" gibt Kiko giftig zurück. „Wer wagt, gewinnt jedenfalls! Ich bleibe in deiner Nähe, um meinen Vorgesetzten Bericht zu erstatten. Die Rätsel musst du selbst lösen." Und er flattert in leichter Schräglage durch das zerbrochene Fenster.

Das angeknabberte Brehms Tierleben ist wie geschaffen für einen Moment der Besinnung. Agathas spitze Zähnchen kauen sich konzentriert von Seite zu Seite, während in ihrem Kopf gerätselt und kombiniert wird was das Hirn hergibt. „Das Wasser weint um Liebende...", flüstert Agatha vor sich hin. „Wasser, Wasser... Na ja, irgendwo muss ich anfangen..."

Nachdem sie die Badewanne, alle Trinknäpfe, die Wasserkiste in der Küche und sogar die Wasserklos vergeblich nach vergessenen kostbaren Tränen durchsucht hat, steht Agatha im Schlosspark und dreht den Gartenschlauch auf. Keine kostbare Träne weit und breit, nur stinknormale Tropfen. Da fällt ihr Blick auf den nahe gelegenen Teich. Don Tulicki und seine Verlobte Vampirella haben sich doch früher dort getroffen...

Agatha schmeißt den Schlauch hin, der sich wie eine hungrige Klapperschlange zu ihr wendet, um ihr eine ordentliche kalte Dusche zu verpassen. Sie rennt zum Teich und starrt hinein.

„Ich kann immer noch nicht schwimmen!“, ruft sie verzweifelt. „Hätte ich doch bei Tula Schwimmunterricht genommen!“

Kiko ist in ihrer Nähe gelandet und schnarrt: „Alle Hunde können schwimmen! Von Natur aus!“

„Möpse nicht!“, antwortet Agatha. „Wir haben eine zu kurze Schnauze und sind wasserscheu! Von Natur aus!“

„Was du schon wieder alles besser weißt…“, krächzt Kiko beleidigt.

Immerhin ist Agatha pitschnass von dem verdrehten Gartenschlauch. „Ich kann's ja versuchen, vielleicht hast du Recht, Kiko. Und wenn nicht, ertrinke ich eben und werde Don Tulickis Geisterfreundin.“

Sie streckt vorsichtig ein Pfötchen nach der Wasserfläche aus und zuckt bei der ersten Berührung zurück. „Tut mir leid, Mama, Attila, Adonis, Antonia und mein süßer dicker Abdullah, ich kann nicht nach dem Ring tauchen. Ich kann unser Zuhause nicht retten.“

Agatha schüttelt die kalte Dusche aus dem verdrehten Schlauch ab. Tausend Tropfen sprühen aus ihrem Fell und schillern im Abendlicht in allen Regenbogenfarben. Agatha sieht ihnen staunend nach. Eine große Träne rinnt aus ihrem rechten Auge über ihre Wangen. „Seid nicht enttäuscht“, murmelt sie mutlos, „ich trau mich einfach nicht.“

Als die Träne auf einem merkwürdig geformten Holzstück vor ihren Pfoten auftrifft, schießt ein roter Blitzstrahl direkt in ihr rechtes Auge. Agatha schaut genauer hin: unter der Träne glitzert ein goldener Ring mit einem fein geschliffenen Rubin in der Mitte.

„Der versunkene Verlobungsring", flüstert Agatha überwältigt, „den hat Don Tulicki für mich herausgeholt." Sie nimmt das schwere Schmuckstück vorsichtig in die Schnauze. Es schmeckt ein bisschen salzig und gleichzeitig süß, und kalt und heiß zugleich. Wie die Trauer und die Liebe würde Kardinal Puli sagen, oder wie die Verzweiflung und die Hoffnung.

Aber Agatha ist ja ein Kind und weiß noch nichts von solchen romantischen Vergleichen. Und deshalb verbirgt sie ihre kostbare Beute ganz schnell auf einem von Efeu umrankten steinernen Stuhl beim Weiher, wo niemals jemand sitzt.

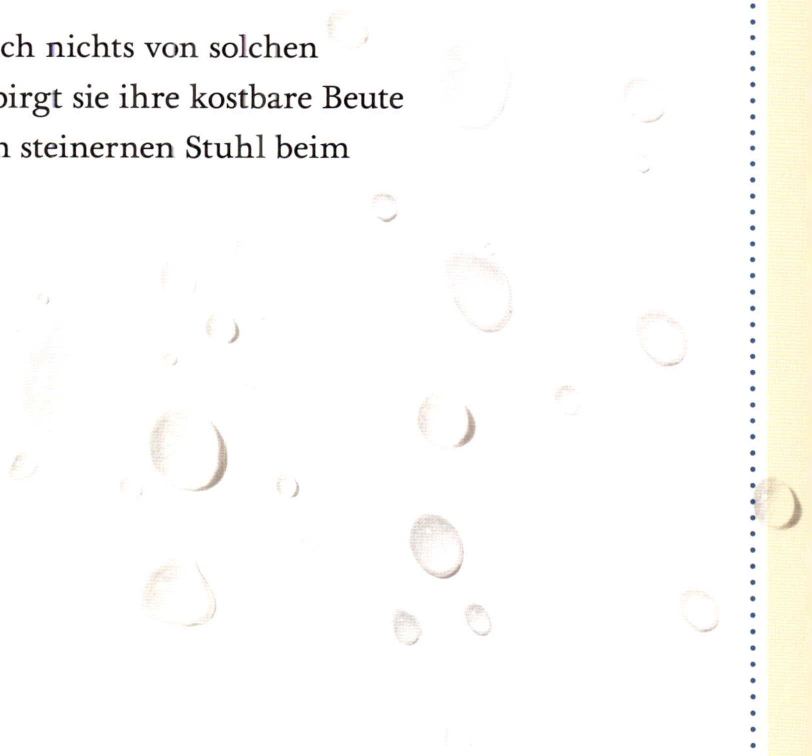

Kapitel 7

Aus der Traum!

Obwohl Agatha nach ihrer Schatzsuche todmüde in ihr Körbchen gekrochen ist, hatte sie nicht viel Zeit zum Ausschlafen, denn seit dem Morgengrauen rumpelt und brodelt es auf Schloss Urgestein wie in einem Vulkan kurz vor dem Ausbruch. Gräfin Ludmilla schleift Kisten voller alter Kleider über den Boden, sie stopft Wäsche und klapperndes Silberbesteck in große Schrankkoffer und wirft alte Briefe und Rechnungen in den Papierkorb.

Zwischendurch putzt sie sich immer wieder die Nase, die schon ganz rot ist und schaut mit tränenden Augen aus dem Fenster des blauen Salons.

Unten auf der Kieseinfahrt sieht sie Agatha mit ihrer Freundin Tula. Die beiden scheinen ins Gespräch vertieft zu sein: Agatha bellt rhythmisch, Tula bellt im Takt zurück – obwohl weit und breit weder Briefträger noch Eichhörnchen zu sehen sind. Agatha flüstert Tula etwas ins Ohr, Tula schüttelt energisch den Kopf. Agatha zieht an ihrem Halsband, Tula stemmt ihre Beine abwehrend in den Boden.

Gräfin Ludmilla schneuzt sich in ihr feuchtes Taschentuch. Manchmal könnte man glauben, dass die Hunde miteinander sprechen, denkt sie, und wischt sich über ihre Augen. Die armen Möpschen! Sie ahnen noch nichts von ihrem Schicksal.

Bevor sie weiter aufräumt und ausmistet, dringt Agathas ohrenbetäubendes Bellen bis zu ihr hinauf in den blauen Salon. Ludmilla hält sich erschrocken am Schrank fest. Das Bellen klingt gar nicht nach einem fröhlichem Mops-Kind, sondern eher nach einem wütenden Kampfhund.

Da Gräfin Ludmilla die Hundesprache aber leider nicht beherrscht, hat sie natürlich auch nicht mitgekriegt, dass Agatha ihre Freundin Tula gerade richtig angeschnauzt hat. „Du kommst wirklich nicht mit mir in den tiefen Keller in die Erde? Du lässt mich einfach im Stich? Dein Ur-Ur-Ur-Ur-Großvater Don Tulicki hatte recht: Du bist ein armseliger Angsthund." Damit lässt sie die arme Tula wie einen begossenen Pudel stehen.

„Geh weiter", krächzt Kiko, als Agatha mitten auf der brüchigen Kellertreppe stehen bleibt. „Du sollst tief in die Erde, sagt die geheime Botschaft. Denk an eure Zukunft!"

„Ich hab Angst allein im Dunklen", wimmert Agatha und ihre Beinchen zittern wie Espenlaub.

„Jetzt hast du es schon so weit geschafft, jetzt mach nicht schlapp!" Kiko balanciert mit ausgebreiteten Flügeln auf einem schmalen Mauervorsprung, und seine froschgrünen Federn schillern in einem scharfen Lichtstrahl, der durch ein Loch in der Mauer fällt. Ein tausendfüßiges bleiches Spinnenvolk hat davor seine Netze aufgespannt. Als der Lichtstrahl sie trifft, flüchten die halbblinden Tiere panisch in ein rostiges Rohr.

„Keinen Schritt gehe ich weiter", ruft Agatha mit schriller Stimme, „und wenn du dich auf den Kopf stellst!"

„Dein Wunsch ist mir Befehl!" Und ehe Agatha die Flucht antreten kann, hängt Kiko bereits kopfüber am Mauervorsprung, wie eine Fledermaus, die in einen grünen Farbeimer gefallen ist.

Agatha zieht gequält die Lefzen hoch. „Du bist wirklich ein komischer Vogel. Trotzdem gehe ich nicht weiter."

Kiko bringt sich mit einem gekonnten Bauchaufschwung wieder in die Senkrechte. Endlich hat er verstanden, dass Agatha nicht mit Spaß und guten Worten zu überzeugen ist. Also versucht er es weiter auf die sanfte Tour.

„Es sind nur noch achtundachtzig Stufen. Wir Schlossbewohner glauben an dich, du bist unsere einzige Hoffnung. Und du bist die Größte und Schnellste und Schönste aller Möpse!“, krächzt er

„Nun hör schon auf mit den peinlichen Komplimenten“, gibt Agatha genervt zurück. „Ich kehre jetzt um, und damit Basta. Halt endlich den Schnabel.“

Plötzlich hört sie von oben ein scharrendes Geräusch. Zwei verzerrte Schatten gleiten in Zeitlupe die Kellertreppe herunter. Agatha kann weder vor noch zurück. Das wird ihr auf einmal klar.

„Mit wem spricht sie bloß?“ Tula beobachtet Agatha besorgt von der obersten Treppenstufe und stupst Professor Fidel in die Rippen. „Ich hab es Ihnen doch gesagt, Agatha ist total verrückt.“

Professor Dr. Fidel scharrt weiter nervös mit den Pfoten auf dem Boden. „Nicht so voreilig, Tula. Viele Heldentaten schienen zu ihrer Zeit verrückt. Die wahre Bedeutung von Mutproben offenbart sich oft erst viele Jahre später. Ein Blick in die jüngere Geschichte der Havaneser zeigt zum Beispiel…“

Agatha wendet langsam den Kopf. „Professor! Tula!“ Sie schnappt fast über vor Erleichterung. „Ich bin so froh, dass ihr es seid! Und dass ich doch nicht allein in den tiefen dunklen Keller steigen muss!“

„Von Treppensteigen – rauf oder runter – wurde mir ausdrücklich abgeraten“, hüstelt Professor Fidel ein bisschen verkrampft. „Geistige Höhen und Tiefen sind mir allerdings vertraut, da wage ich mich gern in unbekannte Gebiete vor.“

„Geh nicht weiter, Agatha“, hechelt Tula mit heraushängender Zunge, „du

hörst Stimmen, wo keine sind. Du bildest dir wer weiß was alles ein. Du bist übergeschnappt. Ich kann das nicht unterstützen. Ich habe Angst um dich!"

„Übergeschnappt? Angst? Um mich? Doch wohl eher um dich selbst!" Agatha spannt ihre Halsmuskeln an, dreht sich vorsichtig um und starrt in die bodenlose Tiefe.

„Komm zurück!", ruft Tula noch einmal.

„Die Angst ist ein schlechter Berater", zitiert Agatha mit erstickter Stimme aus dem Geheimdokument der Geisterhunde und verschwindet nach und nach in der Dunkelheit.

Der weise Professor legt seine abgescharrten Krallen auf Tulas Pfote. „Lass sie", beruhigt er sie. „Besondere Hunde haben besondere Aufgaben. Wir warten hier. Ich werde sie mit positiven Gedanken und guten Wünschen begleiten."

„Und was mache ich?", fragt Tula.

„Du stehst Schmiere und lässt keinen vorbei. Komme, wer da wolle."

„Okay", stimmt Tula kleinlaut zu und fletscht zur Probe die Zähne.

Längst hat Agatha aufgegeben, die Treppenstufen zu zählen, die tiefer und tiefer in die Erde führen. Sie hört nur noch ihren eigenen Herzschlag und konzentriert sich mit aller Kraft darauf, ruhig weiter zu atmen. Nach einer halben Ewigkeit spürt sie unter ihren Pfötchen eine kalte, feuchte Fläche. Vorsichtig ertastet sie die stockfinstere Unterwelt. Plötzlich stößt sie an etwas Spitzes, Gezacktes, das sich wie ein Dorn in ihren Ballen bohrt. Doch ehe ihr gellender Schrei nach oben dringen kann oder sie vor Schreck in Ohnmacht fällt, zerteilt ein Lichtstrahl die Dunkelheit. Geblendet schließt Agatha die Augen.

„War gar nicht so einfach, an deinen scharfen Bodyguards vorbei zu kommen", sagt jemand hinter einer flackernden Öllampe.

Das vierpfotige Wesen fuchtelt wie ein verrostetes Gespenst mit steifen Beinen herum. „Huuuuh, ich hatte richtig Bammel vor dem zähnefletschenden Ungetüm und dem zotteligen Oberschlaumeier da oben."

Agatha macht die Augen wieder auf. „Eddy? Was willst du denn hier?"

Der Terrier macht mit krachenden Gelenken ein paar Kniebeugen.

„Bin völlig unbeweglich nach 308 Jahren im Bilderrahmen." Eddy dehnt und streckt sich, und das Licht aus seiner Öllampe huscht entfesselt durch den Raum.

„Wie bist du denn aus dem Goldrahmen raus gekommen?", fragt Agatha gespannt.

„Wir haben einen Deal gemacht."

„Was ist das, ein Deal?" Agatha wird neugierig.

„Ich überlasse dir den Schatz und bringe ihn nach oben. Dafür begnadigt mich der alte Geister-Familienchef. Das wurde auch Zeit."

Eddy senkt mit knackenden Halswirbeln den Kopf und leuchtet eine enge Höhle aus. Direkt vor Agatha liegt ein großer glänzender Kerzenleuchter, daneben eine mit funkelnden Edelsteinen verzierte neunzackige, goldene Krone.

„Mit der Kohle für das Zeug wäre ich nach Afrika ausgewandert", seufzt Eddy sentimental, „aber was soll's, jetzt kann ich wenigstens fröhlich in der Gegend rumgeistern und mit Big-Ben bei einer Flasche Staubschnaps von alten Zeiten träumen." Er gibt Agatha die Öllampe und setzt sich die Krone auf.

Agatha betrachtet ihn beeindruckt. „Eddy, du bist doch kein feiger Mistkerl. Bitte entschuldige, dass ich das zu Big Ben gesagt habe."

„Schon okay, du hattest ja Recht", antwortet Eddy. Er schleift den wuchtigen Leuchter über den Boden zur Treppe. „Jetzt nichts wie weg hier. Lass uns den Schatz heben! Geh einfach hinter mir her und leuchte auf die Treppenstufen."

Und so machen sich die beiden schwer beladen an den steilen Aufstieg.

Mit letzter Kraft schleppen Eddy und Agatha ihre glitzernden Kostbarkeiten zu dem efeuumrankten, steinernen Stuhl. Agatha nimmt Eddy den Kerzenleuchter aus den Pfoten und die Krone vom Kopf und legt beides in eine Reihe neben den Verlobungsring. Zufrieden betrachtet sie ihre Ausbeute.

„Meinst du, das reicht?" Eddy schüttelt den Kopf. „Nein, Agatha. Das reicht für eine Reise nach Afrika. Aber nicht für die Rettung eures Schlosses."

„Ich danke trotzdem für deine Hilfe." Agatha schüttelt Eddy fest die Pfote. „Das werde ich dir nie vergessen."

„Schon okay", gibt Eddy lässig zurück, „du bist'n echter Fighter.

Von Ferne hört Agatha ein herzzerreißendes Winseln aus vier rauen Kehlen. „Die könnten ein Konzert für heimatlose Katzen geben, das wäre ausverkauft!", ruft Agatha Eddy übermütig zum Abschied nach und hält sich die Ohren zu.

Ihre gute Laune verpufft mit einem Schlag, als ein ekliger Geruch in ihre Nase steigt. Aufmerksam schnüffelt sie den Boden ab. Es riecht nach Angst und Urin und ganz schwach nach Katze, und je weiter sie die Spur verfolgt, desto beißender wird der Gestank.

Hier und da entdeckt Agatha verwischte Spuren vieler Hundepfoten, daneben große Fußstapfen, die Gras und Blumen rücksichtslos niedergetreten haben.

Agatha ahnt Böses. Verborgen hinter einem blühenden Rosenbusch schaut sie auf die große Wiese. Was sie sieht, übersteigt ihre schlimmsten Befürchtungen: ihre vier Geschwister sitzen in einem vergitterten Käfig, unschuldig eingesperrt und gefangen. „Das ist Freiheitsberaubung der übelsten Art“, schnaubt Agatha empört. „Verletzung von Paragraph Eins des Hunde-Grundgesetzes.“ Sie schleicht, flach in die Wiese geduckt, näher heran. „Wo ist Mama?“ flüstert sie.

„Der dicke Mann hat sie in der alten verfallenen Hütte an die Kette gelegt“, schnieft Antonia verzweifelt.

„Welcher dicke Mann?“ Agatha versteht überhaupt nichts.

„Na, der da!“ Antonia blickt schnell und gequält nach links, „Verschwinde, bevor er dich auch noch fängt!“

Von rechts nähern sich mit großen Schritten zwei Beine, die in klobigen Schuhen stecken. „Da ist ja unser Nachzügler“, sagt die dazugehörige Stimme, „braver Hund!“ Und lange, kräftige Arme beugen sich zu Agatha herunter.

Mit ihrer blitzschnellen Reaktion hat der dicke Mann nicht gerechnet. Agatha duckt sich weg, sie tänzelt geschmeidig wie ein athletischer Boxer herum, springt aus dem Stand über seine ausgestreckten Arme und rast durch seine Beine.

„Ich kriege dich schon!“, brüllt der Hundefänger wütend. Er dreht sich um, streckt schwerfällig die Hände nach ihr aus – und greift ins Leere.

Agatha bellt kurz, was ihre Geschwister als Aufforderung verstehen, sie mit begeisterten Bravo-Bellern anzufeuern. Schneller und schneller dreht Agatha enge Runden um den tollpatschigen Kerl, der sich bald wie ein Kreisel um die eigene Achse dreht, um Agatha nicht aus den Augen zu verlieren.

Auf einmal bleibt Agatha atemlos stehen. Der Mann auch. Er schwankt hin und her und greift sich an den knallroten Kopf. „O je, ist mir schwindelig“, keucht er.

Darauf hat Agatha gewartet. Sie zieht mit aller Kraft an seinem Hosenbein. Vergeblich versucht der Inhaber des Beines, sein Gleichgewicht zu halten. Er schlenkert mit seinen langen Armen, er kämpft darum, sich in der Senkrechten zu halten, er dreht und wendet seinen Quadratschädel, bis er ganz rund aussieht. Langsam aber unausweichlich kracht er in den Hundekäfig, dessen Gitterstäbe unter seinem Gewicht quietschend auseinander brechen.

Antonia, Attila und Adonis springen mit einem Satz aus ihrem Gefängnis und rennen wie wild in alle Richtungen.

„Bleibt zusammen!", ruft Agatha ihnen nach. „Versteckt euch im Kuhstall!"

Der große, dicke Mann liegt unterdessen wie ein Maikäfer auf dem Rücken und rudert unbeholfen mit den Armen. Da bekommt er mit seiner linken Hand plötzlich etwas Warmes, Weiches zu fassen. Er drückt zu. Aus dem warmen, weichen Etwas entweicht ein jämmerliches Jaulen. Der Mann wendet mühsam den Kopf.

„Hab ich dich, du Mistvieh!" Mit brutaler Gewalt zieht er Abdullahs festgeklemmten Hintern aus den Gitterstäben und lacht triumphierend.

Das ist zu viel für Agathas angespannte Nerven: ihr Lieblingsbruder in der Hand eines skrupellosen Hundefeindes. Mit Gebrüll stürzt sie sich auf die Hand und haut ohne Rücksicht auf Verluste ihre spitzen Zähnchen hinein. Der Mann lässt fluchend Abdullahs Hintern los und versucht vergeblich, Agatha zu erwischen.

„Hau ab!", ruft Agatha ihrem Bruder zu. „Schnell, lauf den anderen hinterher!" Und mit einem letzten Blick auf den umgestürzten Käfig mit dem Inhaber der blutenden Hand darin, wird es auch für Agatha höchste Zeit, zu verschwinden.

Leise klopft Agatha an eine Tür im Westflügel des Schlosses. „Hallo Schwester Britta, ist Nelly wach?", fragt Agatha das goldbraune Spanielfräulein, das ihr die

Tür öffnet. Ein breites Stirnband hält Schwester Brittas lange, gelockte Ohren aus dem Gesicht, um ihren Hals baumelt eine Wasserflasche mit einem Strohhalm.

„Nein, sie schläft“, antwortet Britta leise.

„Ich muss sie wecken, bitte, es ist wichtig“, flüstert Agatha.

„Na gut, aber sie darf sich nicht anstrengen.“ Schwester Britta lässt Agatha hinein.

Die Westhighlandterrier-Dame Nelly lebt seit einigen Monaten gemeinsam mit Kater Karlo im Westflügel von Schloss Urgestein. Sie ist schon siebzehn Jahre alt, auf einem Auge blind und fast taub. Ihr gemütliches Sofa verlässt sie nur noch zu den Mahlzeiten – und um mit Agatha einmal in der Woche in aller Ruhe einen kleinen Spaziergang zu machen.

Heute bringt Agatha Nelly einfach um ihren Mittagsschlaf und schleppt sie ohne Wenn und Aber ins Freie. Nun gehen die beiden einen Feldweg entlang und es fällt Agatha schwer, sich dem langsamen Schritt der alten Dame anzupassen.

„Was ist denn so eilig?“, fragt Nelly und schmiegt sich an Agatha, um nicht vom Weg abzukommen.

„Kommt Zeit, kommt Rat, was kann das bedeuten?“, fragt Agatha laut in Nellys ‚gutes‘ Ohr. „Du hast doch schon so lange Zeit gelebt, du weißt das doch sicher.“

Nelly bleibt stehen, um ein bisschen zu verschnaufen und um nachzudenken. „Das bedeutet, dass man Geduld haben soll, sich Zeit zum Nachdenken nehmen, wenn man nicht weiter weiß.“ Nelly schüttelt verwirrt den Kopf, „Warum willst du so ein uraltes Sprichwort verstehen? Wirst du etwa schon erwachsen?“

„Nein, keine Sorge“, beruhigt die junge Möpsin ihre weißhaarige Begleiterin, „Ich muss etwas finden und weiß nicht, wo ich suchen soll. Zeit spielt dabei eine sehr wichtige Rolle.“

Agatha führt Nelly vom Weg ab, und die beiden lassen sich ins sonnenwarme

Gras sinken. Nelly legt schläfrig den Kopf auf die Pfoten, während Agatha nervös an einem Grashalm kaut. Nelly kann mir nicht helfen, denkt sie bei sich, sie ist einfach schon zu alt und vertrottelt.

Da schlägt die Turmuhr und Nelly schreckt aus ihrem Dämmerschlaf hoch. „Die Zeit wird mit Uhren gemessen", murmelt sie und döst gleich wieder ein.

Agatha spuckt aufgeregt den faserigen Halm aus. ‚Die Uhr kann stehen bleiben, die Zeit geht weiter'... Sie erinnert sich blitzartig an den Spruch des Schachkönigs Maximo Maritimo. Ungestüm weckt sie Nelly." Das ist des Rätsels Lösung – eine Uhr! Kommt Zeit, kommt Rat. Danke!" Sie drückt Nelly einen dicken feuchten Kuss auf die Nase.

„Na, da bin ich aber froh, dass du wieder ganz die Alte, oder, besser gesagt, wieder ganz die Junge bist", meint Nelly ohne zu verstehen, warum Agatha sie so begeistert geküsst hat.

Kapitel 8

Agatha verliert keine Zeit

„Haben Sie die abartigen Möpse weggebracht? Meine Barrabas-Drillinge verstehen keinen Spaß, das wissen Sie ja." Der braun gebrannte Mann reißt die Tür seines Sportwagens auf, und drei schlanke schwarze Hunde springen heraus.

„Ja, ja, Herr Reichert-Mannteufel, ist alles erledigt", antwortet sein dickliches Gegenüber und hält die verletzte Hand hinter den Rücken.

Die Hunde strecken die Nasen in den Wind und kundschaften mit wachsamen Augen die Gegend aus, bevor sie ihrem Herrn wie drei Schatten folgen.

„Na, dann wollen wir den alten Kasten mal besichtigen, groß genug ist er ja. Wann kann der Kaufvertrag unterschrieben werden?"

Der Dicke lächelt verschlagen, als sie weiter über die Schlossbrücke gehen. „Die Gräfin hat keinen Kredit mehr bei der Bank, die Formalitäten werden demnächst erledigt sein."

„Gut gemacht, gratuliere." Der Herr der dunklen Drillinge tätschelt dem Dicken die blutende Hand. „Gebissen worden?"

„Ja, nein, das war mehr ein Zufall, nicht der Rede wert", stottert der Dicke ausweichend.

Lässig zieht Reichert-Mannteufel ein goldenes Etui aus der Tasche, zündet eine Zigarette an und zieht den Rauch tief und gierig ein.

„Bitte, im Schloss nicht rauchen, Herr Reichert-Mannteufel. Gräfin Ludmilla leidet unter schwerem Asthma."

Reichert-Mannteufel zeigt eine Reihe blendend weißer, großer Zähne. „Wissen Sie, wie egal mir das ist?“ Er schaut den Dicken aus zusammengekniffenen Augen angriffslustig an. „Total egal.“

Plötzlich hört er hinter sich ein tiefes Knurren. Seine Drillinge stehen auf der Brücke und fletschen blendend weiße, große Zähne. Ihre Augen sind starr auf ein riesengroßes Hirschgeweih gerichtet, das über dem Eingangstor hängt. Darauf sitzt mit gesträubten Federn eine gurrende Taube. Reichert-Mannteufel ruft seine Hunde mit strenger Stimme zu sich. Die drei rühren sich nicht vom Fleck und knurren weiter.

„Hast du gesehen, was ich gesehen habe? Die Taube war doch gerade noch froschgrün!“, knurrt der eine Hund den anderen zu.

„Und hast du gehört, was die froschgrüne Taube gekrächzt hat? ‚Als offizieller Sekretär der Geisterhunde verweigere ich euch den Zutritt!‘“, knurrt der zweite zurück und schüttelt sich.

„Unverschämt! Wir sollten dem Vogel da oben zeigen, wer die neuen Herren im Haus sind“, knurrt der dritte, „und ihm jede Feder einzeln ausrupfen und in den eigenen Schnabel stopfen.“

„Was ist denn in euch gefahren? Hört auf zu knurren und wegen einer Taube so ein Theater zu machen“ schreit Reichert-Mannteufel seinen ungehorsamen Hunden zu. Er knufft den Dicken verschwörerisch in die Seite. „Oder sehen die drei etwa Gespenster?“

Hastig verlässt Agatha ihren Aussichtsposten am Fenster des blauen Salons.

Agatha hat einen Mordsrespekt vor den bösen Barrabas-Drillingen. Die drei Hunde seien unberechenbar und aggressiv und könnten Möpse ebenso wenig ausstehen wie ihr brutaler Besitzer, heißt es.

Um den unheimlichen Bestien nicht in die Quere zu kommen, macht Agatha sich während der Schlossbesichtigung unsichtbar – und vor allem „unriechbar". Tief vergraben in einem Korb schmutziger Wäsche wartet sie, bis die Luft rein ist. Weil die Tiere einen Höllenlärm machen, kann Agatha einschätzen, wo sie gerade sind. Besonders wild scheint es im Ahnenzimmer zuzugehen. Wütendes Geknurre und Gebell, untermalt von lauten Befehlen, dringen bis in Agathas Versteck.

Wahrscheinlich schimpfen die Hunde aus den Bilderrahmen und die Drillinge flippen aus vor Wut, denkt Agatha schadenfroh. Hoffentlich ist der Spuk bald vorbei. Sie horcht weiter auf die Stimmen aus Hunde- und Menschenkehlen, die langsam schwächer werden und schließlich ganz verstummen. Sie wühlt sich aus den schmutzigen Küchentüchern heraus. Sie legt die Ohren an und entringelt den Schwanz. Sie hat keine Zeit mehr zu verlieren, das weiß sie. Denn die Uhr tickt.

Nachdem Agatha vergeblich das halbe Schloss auf der Suche nach einer Uhr durchstreift hat, landet sie im rosa Salon, der nur bei festlichen Einladungen geöffnet und beheizt wird. Und obwohl Gräfin Ludmilla schon fast alle Einrichtungs-Gegenstände in Koffer und Umzugskisten verpackt hat, steht die große Uhr noch dort, wo sie immer stand und tickt wie eh und je vor sich hin.

‚Hinter den Spiegel zu schauen, bringt Erleuchtung' erinnert sich Agatha und schaut sehnsüchtig zu der verspiegelten Uhr hinauf, die unerreichbar auf einer antiken Kommode thront.

„Wie soll ich bloß da hinauf kommen?" rätselt sie, „natürlich gibt's hier weit und breit keine Leiter." Aber wie war das noch mal? ‚Kommt Zeit, kommt Rat' oder, wie Nelly meinte, ‚Man soll sich Zeit zum Nachdenken nehmen, wenn man nicht weiter weiß.‘ Gesagt, getan. Agatha kriecht unter die Kommode und nagt geduldig an einem der verschnörkelten Holzbeine.

Endlich nähern sich Schritte – das muss Gräfin Ludmilla sein. Sie zieht die Kommodenschubladen auf und beginnt, wahllos darin herumzuwühlen. Gerade, als Agatha ihre Hilfe beim Suchen anbieten will, verschwinden die Schuhe der Gräfin aus ihrem Blickfeld.

Agatha kriecht unter der Kommode hervor. Drei Schubladen stehen offen, jede ein wenig weiter als die nächste. „Das ist ja die perfekte Leiter“, jubelt Agatha. „Der uralte Kommt-Zeit-kommt-Rat-Spruch ist gar nicht so blöd.“ Und sie krabbelt geschickt die drei Schubladen hinauf.

Als wenn ihre Geduld nicht bereits auf eine harte Probe gestellt worden wäre, steht sie nun vor der Uhr und betrachtet ratlos ihr eigenes Spiegelbild. Versuchsweise drückt sie ihre Nase an der polierten Scheibe platt oder kratzt ein bisschen an der glatten Oberfläche. Nichts rührt sich. Geduld, Geduld, ermahnt sich Agatha immer wieder. Noch einmal schaut sie ganz lange in ihre eigenen Glubschaugen. Und schließlich wird sie belohnt: direkt neben ihrem linken Augapfel entdeckt sie einen winzigen Knopf. Sie drückt ihr Näschen darauf – und der Spiegel schwingt lautlos zur Seite.

Bevor Agatha sich von der Überraschung erholen kann, kullert eine Pergamentrolle vor ihre Pfoten. Der brüchige Geduldsfaden, mit dem sie zusammen gehalten wurde, zerreißt mit einem wehleidigen ‚Aua‘. Und vor Agathas Augen breitet sich eine handgeschriebene Landkarte aus, auf deren oberer linker Ecke mit verblasster Tinte *Persönliches Eigentum von Hendrik Hountje, anno 1820* geschrieben steht. Schnell rollt Agatha die Karte zusammen und apportiert sie ohne anzuhalten die Kommodenleiter hinunter, über die breite Treppe und die Schlossbrücke bis zum steinernen Stuhl am Weiher.

Um mit ihrer Spucke die Tinte nicht zu verwischen, hat Agatha bis hierher ungefähr dreißigmal geschluckt. Nun öffnet sie die knochentrockene Schnauze, legt die kostbare Karte vorsichtig ab und streicht sie mit der Pfote glatt.

Stolz betrachtet sie ihre Schätze, die aufgereiht auf dem steinernen Stuhl liegen und um die Wette glitzern und leuchten: den im Weiher versunkenen Rubinring, den prachtvollen Kerzenleuchter, die kostbare Krone und die brüchige Landkarte. „Das reicht doch wohl, um unser Zuhause zu retten“, stellt sie selbstsicher fest.

„Nein, leider nicht“, krächzt es aus der Baumkrone, und eine froschgrüne Feder trudelt herunter. „Nach meinen Berechnungen fehlt noch was. Aber du musst dich beeilen, die Barrabas-Drillinge feilen schon ihre Krallen und putzen ihre großen weißen Zähne, um mich zu rupfen.“

„Ich bin schachmatt“, gibt Agatha erschöpft zur Antwort, „das kannst du ruhig in deinen Bericht an die Geisterhunde schreiben. Mit besonders unfreundlichen Grüßen an Maximo Maritimo.“

„Du gibst auf? Ich dachte, für dich ist nichts unmöglich?“, schnarrt es spöttisch auf Agatha herunter.

Langsam hebt sie die Feder auf und steckt sie hinter ihr Halsband.

„Na gut, aber pass’ gefälligst auf die Schätze hier auf, während ich weg bin.“

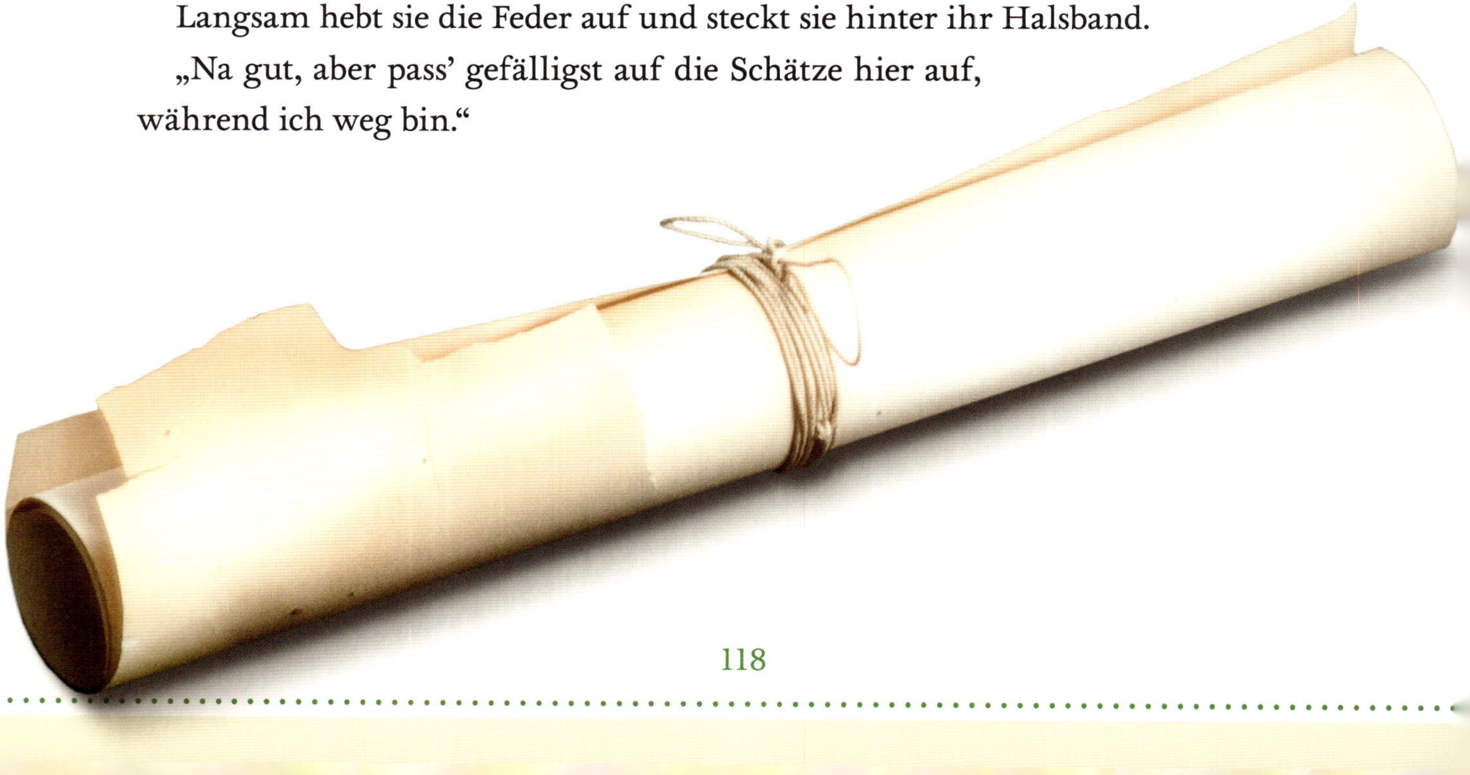

Kiko kommt aus der Baumkrone gesegelt und lässt sich auf der steinernen Stuhllehne nieder. Er salutiert übertrieben zackig mit seinem rechten Flügel und schnarrt: „Zu Befehl, Frau General!“ Aber Agatha hat sich schon wort- und grußlos auf den Weg zum Dichterstübchen gemacht.

Seit zwei Stunden sitzt Agatha nun schon im Dichterstübchen auf dem Fotoalbum und versucht krampfhaft, mit den Geisterhunden Kontakt aufzunehmen. Sie streicht mit den Pfoten beschwörend über Kikos Feder, steckt sie sich ins Maul und in die Nase und zwischen die Ohren. Kein Schwein – oder vielmehr kein Geist – scheint sich für ihr Ticket in die Welt der Geisterhunde zu interessieren. Hat Kiko ihr etwa eine abgelaufene Eintrittskarte aufgeschwatzt? Sie dreht und wendet die schmale grüne Feder. Tatsächlich, da steht es schwarz auf grün: *Nur gültig bis zur Entdeckung der Landkarte.*

„So ein Mist“, flucht Agatha und schmeißt die unnütze Feder in hohem Bogen von sich. Dann rollt sie sich auf dem Fotoalbum zusammen. Vielleicht kann sie ja einschlafen und so zu ihren Geisterfreunden vordringen. Doch je mehr sie sich bemüht, desto wacher wird sie.

Plötzlich hört sie von fern Schritte, die schnell näher kommen. Agatha setzt sich auf ihren Hintern, spitzt die Ohren und reißt angstvoll die Augen auf. Ist das haarige Tier im Regal aufgewacht? Rächen sich die Fledermäuse für die ständige Ruhestörung? Oder hat die fette Spinne aus der Puppenstube Lust auf eine ordentliche Hauptspeise à la ‚Mopskeule in Aspik‘?

Agathas Beine zittern unkontrolliert. Streng schaut sie zu ihnen hinunter und zwingt sie mit großer Willensanstrengung, still zu halten. Da erkennt sie plötzlich, worauf sie steht: auf einem vergilbten Foto von sechs schlanken schwarzen

Hunden, die den Barrabas-Drillingen zum Verwechseln ähnlich sehen. Agatha sieht ihnen in die Augen. ‚Und der Fluch wird Rettung bringen', ergänzt sie den zweiten Teil von Kardinal Pulis Orakel.

Wie von der Tarantel gestochen springt sie von den fotografierten Kötern herunter und quetscht sich in eine Ecke des Lehnstuhls. Die Schritte nähern sich der Eingangstür zum Dichterstübchen. Zusammengeduckt zwischen Fotoalbum und Sessellehne erwartet Agatha starr und steif vor Angst ihr nahes Ende.

„Hier muss doch noch einer sein", murmelt jemand plötzlich, und eine schmale Hand drückt die Tür auf. Eine blonde Frau mit handgesägter Hornbrille auf der Nase erscheint im Zimmer und bückt sich zu einem braunen Koffer, der eingekeilt zwischen umgestürzten Bücherbergen liegt. „Na also, wusst' ich's doch, hier passt die letzte Uhr perfekt rein" murmelt die Stimme weiter im Selbstgespräch und die schmale Hand zerrt das braune Koffermonster zwischen den Büchern hervor.

Agatha fiept ganz zaghaft „Gräfin Ludmilla!". Mit einem kleinen Schmatzer lockert sie ihren krampfhaft zusammen gepressten Kiefer.

Da Gräfin Ludmilla die Hundesprache bekanntlich nicht versteht, hört sie nur das leise Fiepen und den kleinen Schmatzer. Sie dreht sich erschrocken um. „Was machst du denn hier ganz allein auf dem Speicher?" Sie breitet ihre Arme aus und Agatha vergräbt den Kopf an ihrer Schulter. „So ein Glück, dass ich dich gefunden habe." Gräfin Ludmilla drückt sie eng an sich und Agatha winselt vor Erleichterung. „Ich trage dich erstmal nach unten", sagt Ludmilla und will Agatha aus dem Lehnstuhl heben. „Dass sich so ein kleiner Mops derart schwer machen kann", wundert sie sich und Agatha drückt sich noch fester in die Lehnstuhlecke.

Endlich bemerkt Ludmilla das Fotoalbum. Sie lässt Agatha los und nimmt es in die Hand. „Das verschollene Album des berühmten Fotografen Louis Daguerre von 1760", raunt sie beeindruckt und zeigt Agatha das Bild mit den schwarzen Hunden.

Weil Agatha keine große Lust verspürt, den Doppelgängern der bösen Barrabas-Drillinge weiter in die Augen zu sehen, hopst sie schnell vom Lehnstuhl und läuft heftig wedelnd vor Ludmilla die Speichertreppe hinunter. Glücklicherweise hat die Hundefreundin sofort gemerkt, dass Agatha ihr etwas zeigen will und folgt ihr bereitwillig zu dem steinernen Stuhl am Weiher.

Beim Anblick all der Schätze schlägt Gräfin Ludmilla die Hände über dem Kopf zusammen „Ein Wunder ist geschehen! Mit dem wertvollen Fotoalbum und diesen Kostbarkeiten werden wir unser Zuhause retten können!“ stottert sie und sinkt in die Knie. Agatha setzt sich daneben, leckt ihr beruhigend die Hand und zwinkert ihren Geschwistern verschwörerisch zu.

Agatha ist heilfroh, dass die ganze Aufregung vorbei ist und sie sich endlich intensiv auf die Weltmeisterschaft im Windhundrennen vorbereiten kann. Doch erstmal wird gefeiert, und die ganze Familie Mops versammelt sich – inklusive ihrer fetten Verwandten – zum festlichen Abendfressen mit saftigen Steaks und Spaghetti mit Sauce.

Bevor alle nach Herzenslust zu futtern anfangen, klopft Mama Lotte an ihr Glas. „Liebe Agatha, wir sind stolz auf dich“, beginnt sie ihre Rede. „Du hast uns mit deinem Mut und deinem Einfallsreichtum vor einem trostlosen Dasein im Tierheim oder bei fremden Leuten gerettet.“ Lotte räuspert sich gerührt und schnäuzt sich in ihre Serviette. „Deinen Lieblingsspruch ‚*Nichts ist unmöglich*‘ habe ich zwar oft angezweifelt ...“

Da fliegt von gegenüber eine glitschige Nudel mitten auf ihre gerunzelte Stirn und bleibt dort kleben. Agatha blinzelt verschmitzt. „Danke, Mama, aber wir haben Hunger!“ Alle lachen erleichtert, und sogar Antonia drückt unter dem Tisch schnell Agathas Pfote.

Kein Mensch wird jemals verstehen, wie die Schätze auf den steinernen Stuhl gekommen sind. Natürlich gab es allerlei Gerüchte und Vermutungen – von einem reumütigen Räuber war die Rede, oder vom Vermächtnis eines geheimnisvollen Onkels aus Amerika, oder von einem verirrten Wanderer, der die Sachen einfach auf dem steinernen Stuhl vergessen hat. Gräfin Ludmilla aber glaubt fest an ein Wunder. Und öfter als früher sieht man sie in der Schlosskapelle Dankesgebete zum Himmel schicken.

In Hundekreisen dagegen weiß jeder, was geschehen ist, und Agatha ist und bleibt der Superstar aller Rassen. Immer wieder wollen Valentina und Barry, Tula und Nelly die unglaublichen Geschichten hören, und Professor Dr. Fidel hat sie gerade in seinem neuesten Buch *Agatha und die Geisterhunde* für nachfolgende Hundegenerationen aufgeschrieben.

Agatha und ihre Freunde

Familie von Urgestein

Der Mops stammt vermutlich aus dem Kaiserreich China und wurde vor 2000 Jahren aus doggenähnlichen Hunden herausgezüchtet. Es war das Privileg der Könige, ihn zu besitzen und anzufassen. Der Mops gehört trotz seiner geringen Größe zur Familie der Molosser. Er ist besonders gutmütig und Aggressionen sind ihm fremd. Er liebt es zu schmusen und schläft überall dort, wo es nicht ausdrücklich verboten ist. Möpse sind ausgesprochen intelligent und mutig und machen fast jeden Unsinn mit. Sie neigen allerdings manchmal dazu, Gefahren zu unterschätzen und zu viel zu fressen.

Valentina

Der Whippet gehört zur Rasse der Windhunde. Ein sehr sensibler Hund mit starkem Willen. Wurde ursprünglich im 19. Jahrhundert von englischen Bergleuten zur Kaninchenjagd ‚auf Sicht' eingesetzt. Der Whippet ist ein passionierter Rennläufer und ein intelligenter, verträglicher Familienhund.

Profssor Dr. Fidel

Der Havaneser wurde früh von italienischen Überseekapitänen nach Kuba gebracht, ist dort aber ausgestorben. Zum Glück konnten einzelne Exemplare noch rechtzeitig aus Kuba herausgeschmuggelt werden. Havaneser sind charmant und pfiffig und passen sich ihrer Familie bereitwillig an. Sie lieben Kinder. Das seidige Haarkleid muss regelmäßig gebürstet werden, damit es nicht verfilzt.

Vampirella Rossa

Der chinesische Nackthund ist besonders aufgeweckt, intelligent, verspielt und wachsam gegenüber Fremden. Seine Haut muss sehr sorgfältig gepflegt werden – man schrubbt sie am besten mit einer Peeling Creme ab und cremt sie anschließend ein, um sie elastisch und glatt zu halten. Die unpigmentierten Körperzonen sind hoch empfindlich gegen Sonnenstrahlen.

Don Tulicki und Tula

Die Labradors – die ‚water dogs' stammen ursprünglich aus Neufundland. Sie holten Netze ein, fingen entschlüpfte Fische wieder ein und brachten als Apportierhunde außerordentliche Leistungen. Wegen ihres dichten, wasserabweisenden Fells konnten sie auch unter härtesten Witterungsbedingungen arbeiten. Labradors sind kinderlieb und anpassungsfähig und ausgezeichnete Blinden- und Rettungshunde.

Maximo Maritimo

Die Dogge wurde Anfang des 16. Jahrhunderts an europäischen Fürstenhöfen als kämpferischer, dabei wendiger und schneller Jagdhund vor allem für die Hirsch- und Bärenjagd gezüchtet. Besonders schöne und kräftige Exemplare schliefen als ‚Kammerhunde' mit vergoldetem Halsband neben dem Bett ihres Herrn. Heute überzeugt die Dogge vor allem als eleganter, kinderlieber und katzenfreundlicher, sehr anhänglicher Familienhund, der allerdings viel Platz braucht.

Kardinal Puli

Der Puli darf nie geschoren, gekämmt oder gebürstet werden, damit sich die typischen bodenlangen Fellschnüre entwickeln können. Auch wird er selten gewaschen, da das Trocknen des Fells mehrere Tage dauert. Die aus Ungarn stammenden Hütehunde bewachen ihre Familie und deren Grundstück mit größter Aufmerksamkeit und Treue. Unbekannten gegenüber sind Pulis oft misstrauisch und scheu.

Big Ben

Die englische Bulldogge hat seit dem 13. Jahrhundert einen radikalen Wandel erlebt, nämlich vom scharfen Kampfhund zum gutmütigen, verträglichen Familienhund. Mut und Schmerz-Unempfindlichkeit sind aber noch verbliebene Eigenschaften aus ihrer Vergangenheit. Die Erziehung der eigenwilligen Tiere ist nicht einfach und erfordert viel Erfahrung und Verständnis. Sie sind sehr hitzeempfindlich, deshalb Vorsicht bei ausgelassenen Spielen oder langen Spaziergängen bei hohen Temperaturen.

Eddy

Der Bull-Terrier ist eine Kreuzung aus englischer Bulldogge, Dalmatiner und dem ausgestorbenen White English Terrier. Er ist kräftig und muskulös, sein einzigartiges Merkmal ist das ‚downface' (die eiförmige Kopfform). Meistens reinweiß, seit 1933 werden vom englischen Kennel Club aber auch farbige Tiere anerkannt. Der Bullterrier wird von der Mehrzahl der deutschen Bundesländer als gefährlich eingestuft.

Nelly

Der Westhighland-Terrier versucht mit Charme und Beharrlichkeit, seinen Kopf durchzusetzen. Er ist ein lieber, robuster und unerschrockener Familienhund, der problemlos in der Stadt gehalten werden kann, wenn man ihm genügend Auslauf bietet. Das Fell muss regelmäßig getrimmt werden. Da Westhighland-Terrier in den letzten Jahren sehr in Mode gekommen sind, sollte man sie nur bei guten, verantwortungsvollen Züchtern kaufen.

DIE BARRABAS-DRILLINGE

Jeder falsch erzogene oder misshandelte Hund kann aggressiv und unberechenbar und werden. Die Gefährlichkeit eines Hundes ist grundsätzlich nicht an seiner Rasse festzumachen, sondern fast immer auf menschliches Versagen, wesensfremde Haltung, bewusstes ‚Scharfmachen' oder Erziehungsfehler zurückzuführen. Kurz gesagt: von Natur aus böse Hunde gibt es nicht, sie werden erst von uns dazu gemacht.

... UND KIKO

Die Gelbstirnamazone lebt paarweise oder in Gruppen in tropischen und subtropischen Zonen bis 750 Metern Höhe. Als Haustier wird die Amazone sehr zutraulich und ca. 30 bis 60 Jahre alt. Sie kann sehr gut Stimmen und alle möglichen Geräusche nachahmen. Gelbstirnamazonen sind verspielt, baden gern und verlangen von ihrer Bezugsperson ständige Aufmerksamkeit. Am glücklichsten sind sie, wenn sie zusammen mit einem Artgenossen gehalten werden.

Manuela von Perfall

lebt im ehemaligen Pferdestall von Schloss Greifenberg am Ammersee, das die Original-Kulisse für Agathas Abenteuer bildet. Das Schloss wird seit über 500 Jahren von ihrer Familie und unzähligen, heiß geliebten und mehr oder weniger ‚geistreichen' Hundegenerationen bewohnt. Manuela von Perfall schreibt für verschiedene Zeitschriften und Verlage; 2007 erschien der Bildband *Luxury for dogs*. Sie veranstaltet seit 2005 *h.und – das Festival für Hundefreunde*, dessen Schirmherr ihr Hund *Fidel* ist. www.hundefestival.de

Anja Hölper

arbeitet als freie Fotodesignerin für Werbung und Reportagen. 2006 gründete sie den Tigerherz-Verlag, um ihren eigenen und anderen künstlerischen Arbeiten ein Podium zu geben. Der Schwerpunkt liegt auf fotografischen Illustrationen von Büchern und Spielen, wie z.B. dem Kartenspiel *Royal Dogs* mit prachtvoll kostümierten Hundepersönlichkeiten. Für die Fotografin und ihre Hündin Tula waren die schauspielerischen Fähigkeiten der Möpse und die Vielfalt der Schloss-Requisiten bei dieser Buchproduktion eine „Reise ins Schlaraffenland". www.anjahoelper.de

Vielen Dank!

Katharina Voß-Ehlers für die überaus
talentierten Mopsdarsteller aus ihrer Zucht
www.cherubims-royal-mops.de
und die originellen Hundeaccessoires
www.the-royal-dogs-and-cats.de

Stefanie Hartmann für ihr liebevoll
gestaltetes Layout, ihr Fingerspitzengefühl und
ihren unerschütterlichen Perfektionismus
info@push-design.de

Elisabeth Gruber für die EBV,
Richard Föhr für die Reinzeichnung,
Elisabeth von Crailsheim und Helga Olbricht
für das Lektorat,
Antonia Leitl für die Kalligrafie,
Valentina, Louis und Ferdinand
für die Foto-Assistenz,
Benedikt von Perfall für Gastfreundschaft,
Setfotografie und die Teichpflege,
Ali Nasseri für das Catering,
Konstantin Krueger für Rat und Tat
und dickes Fell.

Royal Dogs

Auch du kannst jetzt mit Agathas Geisterhunden und ihren adeligen Freunden spielen: als Royal Dogs Memo und Kartenspiel

Ein tierisches Vergnügen für die ganze Familie!

Royal Dogs Memo
32 Hunde suchen ihre Doppelgänger
EAN 4260142340013

Royal Dogs Patience
Kostümierte Hundekönige, elegante Hundedamen und bellende Buben freuen sich auf spannende Kartenspiele – von Romme bis Poker
Spielkartenset mit 2 x 52 Karten plus 6 Joker
ISBN 3-9811162-0-8

Zu bestellen im Buch-Handel oder unter www.Tigerherz.com